AAAAH !!!
À L'AIDE ! TERRENCE !!!

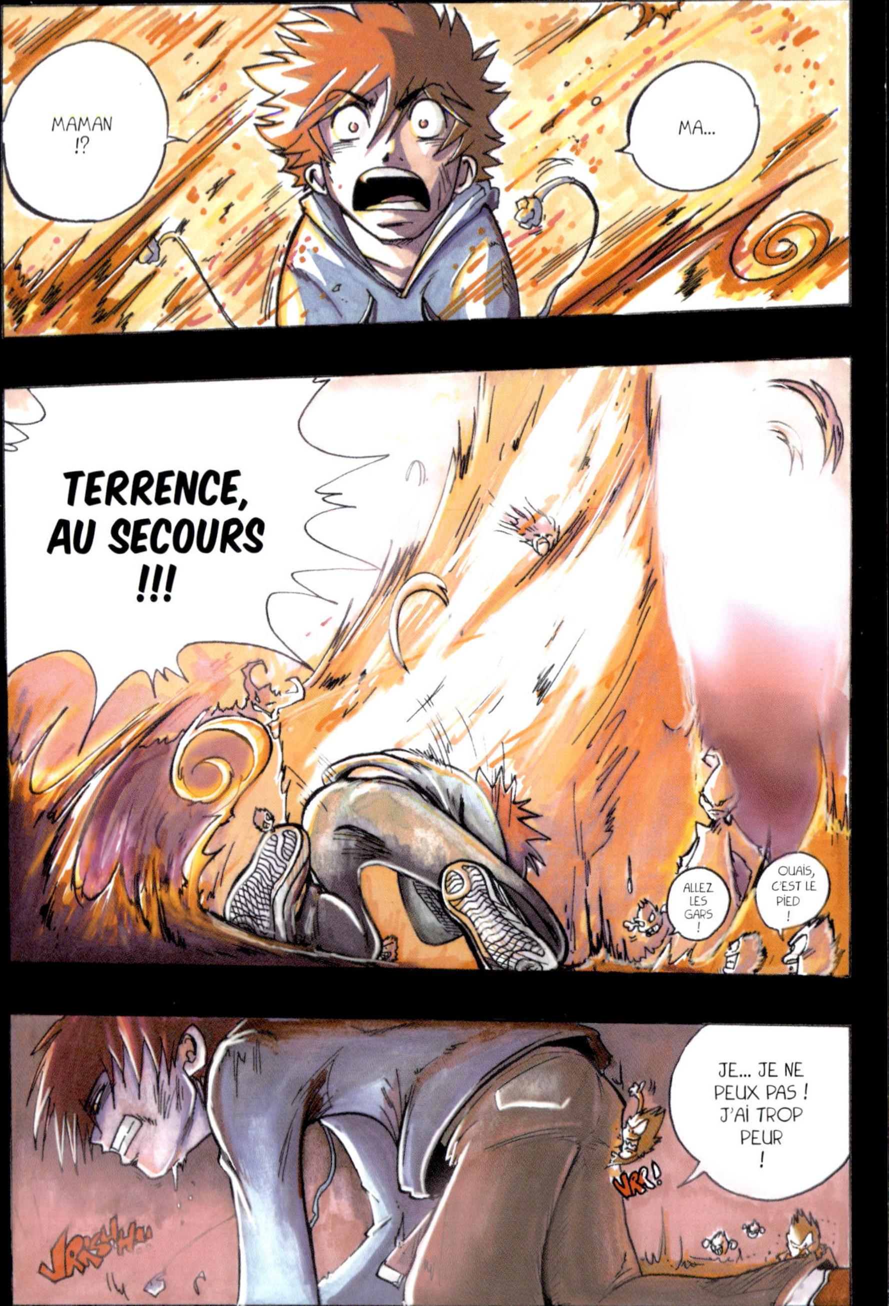
MAMAN !?
MA...
TERRENCE, AU SECOURS !!!
OUAIS, C'EST LE PIED !
ALLEZ LES GARS !
JE... JE NE PEUX PAS ! J'AI TROP PEUR !
VRR !
VRRSHH

C'EST ICI QUE TOUT COMMENCE

Il faut lire les cases dans l'ordre des chiffres indiqués et, à l'intérieur de chaque case, suivre l'ordre alphabétiqu
Bonne lectu

reno lemaire

dreamland 1

SOMMAIRE

dream land

SONGE 1
FEU !

AAARGNN !
J'AI... J'AI TROP PEUR DU FEU !
OUI, VIENS ! NOURRIS-MOI DE TA PEUR !
VIENS ! VIENS À MOI, TERRENCE !
TERRENCE, JE T'EN PRIE !
JE PEUX Y ARRIVER !
NON, JE DOIS LA SAUVER !
TAC !
TU FUMES TROP !
HEIN ?

HÉÉ, IL S'EST RELEVÉ !!
OUAIS, ON VA LE CRAMER !
ON VA LUI FAIRE SA FÊTE À CE MARIOLE ...!
ÇA Y EST, TU TE DÉCIDES ENFIN !
C'EST TOI MAMAN !?
MAMAN !?
TIENS BON, J'ARRIVE !!
ADIEU, MONDE CRUEL !

J'ARRIVE !!
LE BRAVE PETIT !
ME VOILÀ, MAMAN !!
UNE VRAIE TÊTE BRÛLÉE !
REGARDE-LE FONCER ...
VIENS ME FAIRE UN GROS CÂLIN !! AH AH AH !!
!
TOC
WOOCHH !!
HEIN... MAIS QU'EST-CE QUI SE PASSE ?
MERDE ! RATÉ !!

LE... LE SOL BOUGE...
BAM!!
HOLÀ, MIEUX VAUT NE PAS TRAÎNER DANS LE COIN !!
FFFTT!!
GROO AAAR !!
QU'EST-CE QUE VOUS FOUTEZ ? JE CROYAIS QUE C'ÉTAIT UNE PROIE FACILE !?
OUAIS... LÀ, ON FAISAIT QUE S'ÉCHAUFFER ! HÉ HÉ
VOUS EN FAITES PAS, ON VA L'AVOIR !

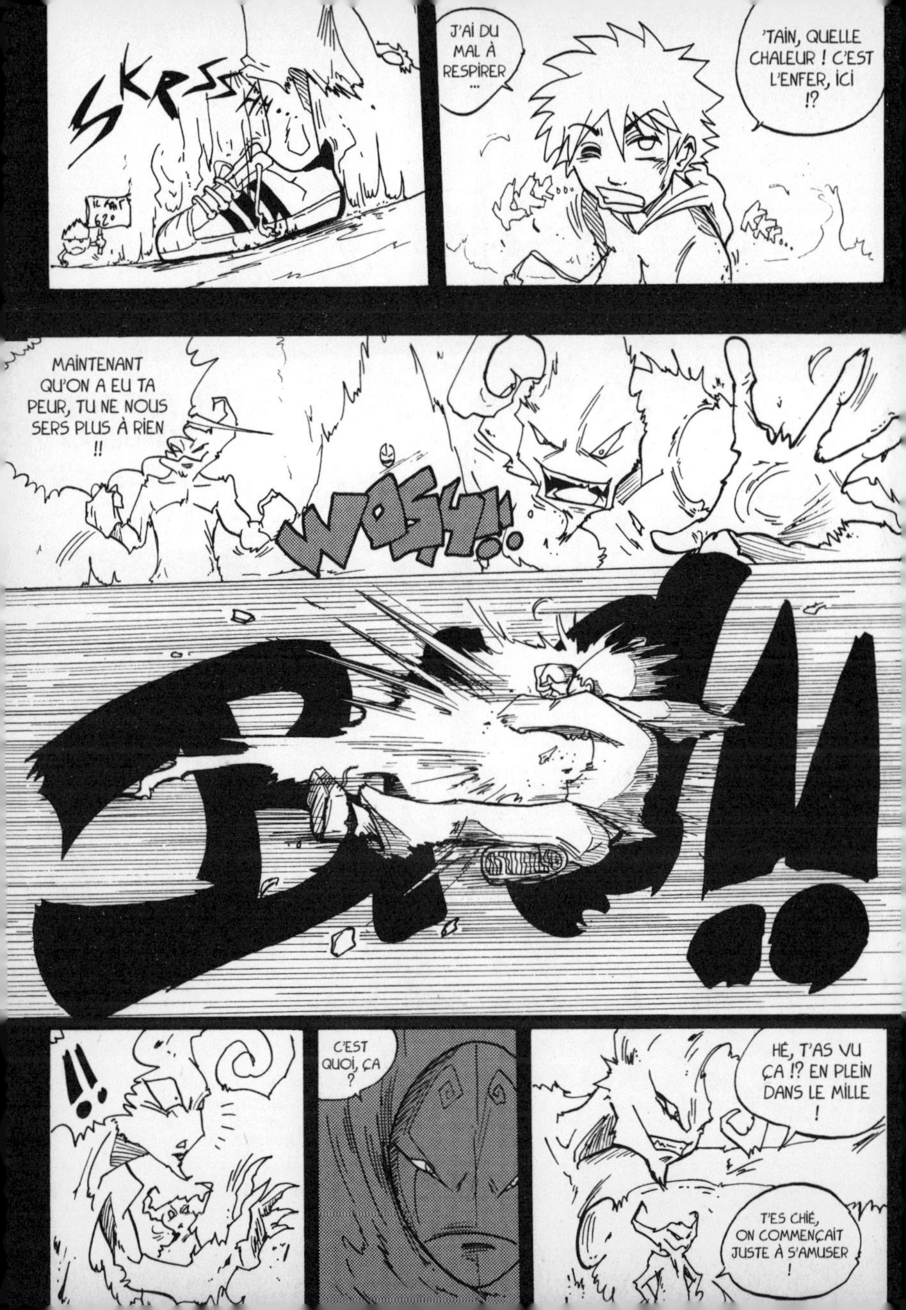
SKRSSH
IL FAIT 62°
J'AI DU MAL À RESPIRER ...
'TAIN, QUELLE CHALEUR ! C'EST L'ENFER, ICI !?
SKK...
SKK...
MAINTENANT QU'ON A EU TA PEUR, TU NE NOUS SERS PLUS À RIEN !!
WOSH!!
C'EST QUOI, ÇA ?
HÉ, T'AS VU ÇA !? EN PLEIN DANS LE MILLE !
T'ES CHIÉ, ON COMMENÇAIT JUSTE À S'AMUSER !

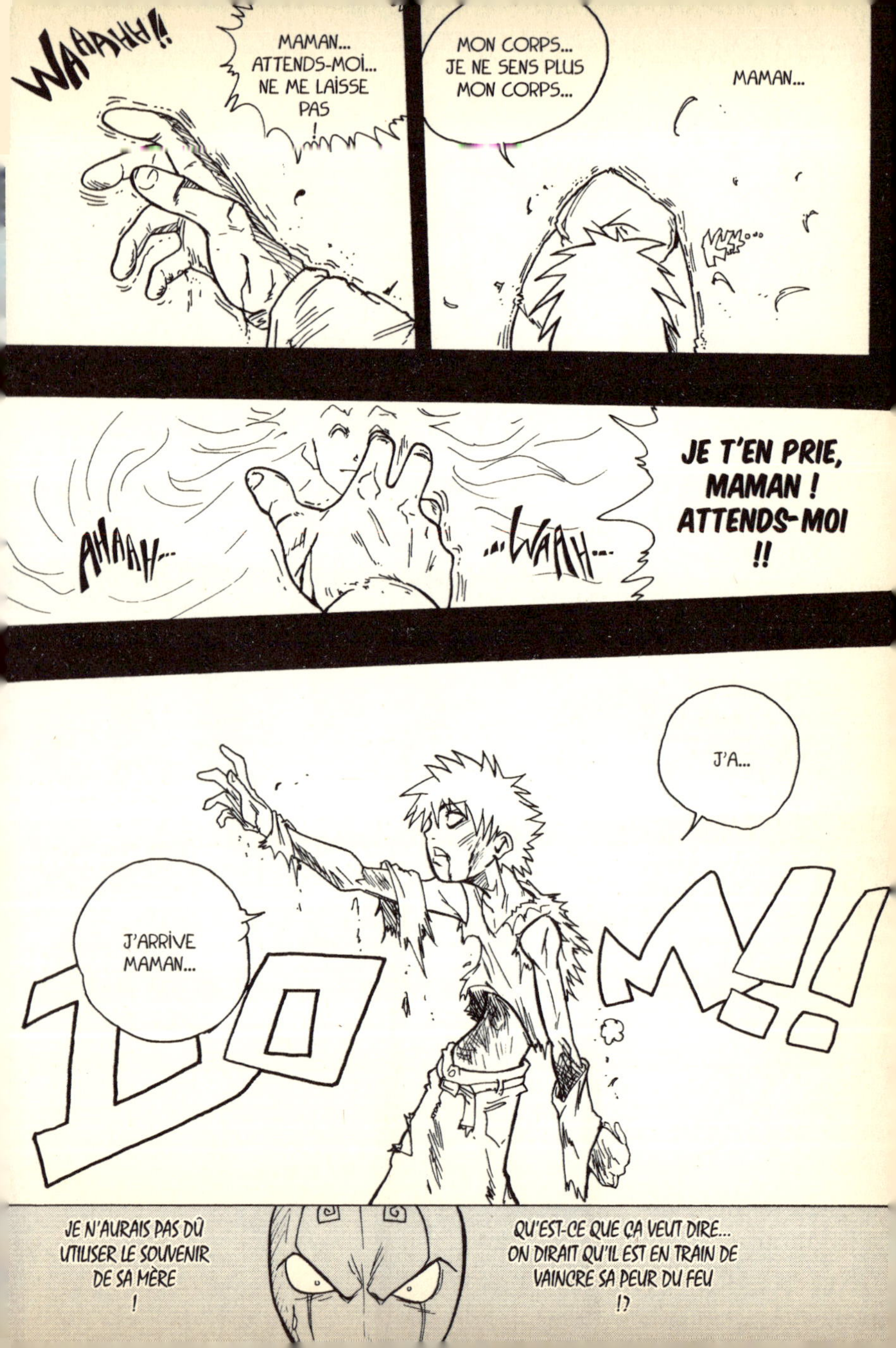
WAAAHH !!
MAMAN... ATTENDS-MOI... NE ME LAISSE PAS !
MON CORPS... JE NE SENS PLUS MON CORPS...
MAMAN...
AHAAAH...
...WAAH...
JE T'EN PRIE, MAMAN ! ATTENDS-MOI !!
J'A...
J'ARRIVE MAMAN...
DOOM !!
JE N'AURAIS PAS DÛ UTILISER LE SOUVENIR DE SA MÈRE !
QU'EST-CE QUE ÇA VEUT DIRE... ON DIRAIT QU'IL EST EN TRAIN DE VAINCRE SA PEUR DU FEU !?

MAMAN...
CHE... CHEF, JE N'ARRIVE PLUS À LE CONTRÔLER !!
IL... IL N'A PLUS PEUR DU FEUUUU !!
QU'EST-CE QU'ON FAIT, CHEF ?
CRAMEZ-LE, BON SANG !! CRAMEZ-LE !!
SRRI
IHH !!
IL SURMONTE SA PEUR DU FEU !
ET PLUS...
PLUS IL AVANCE...

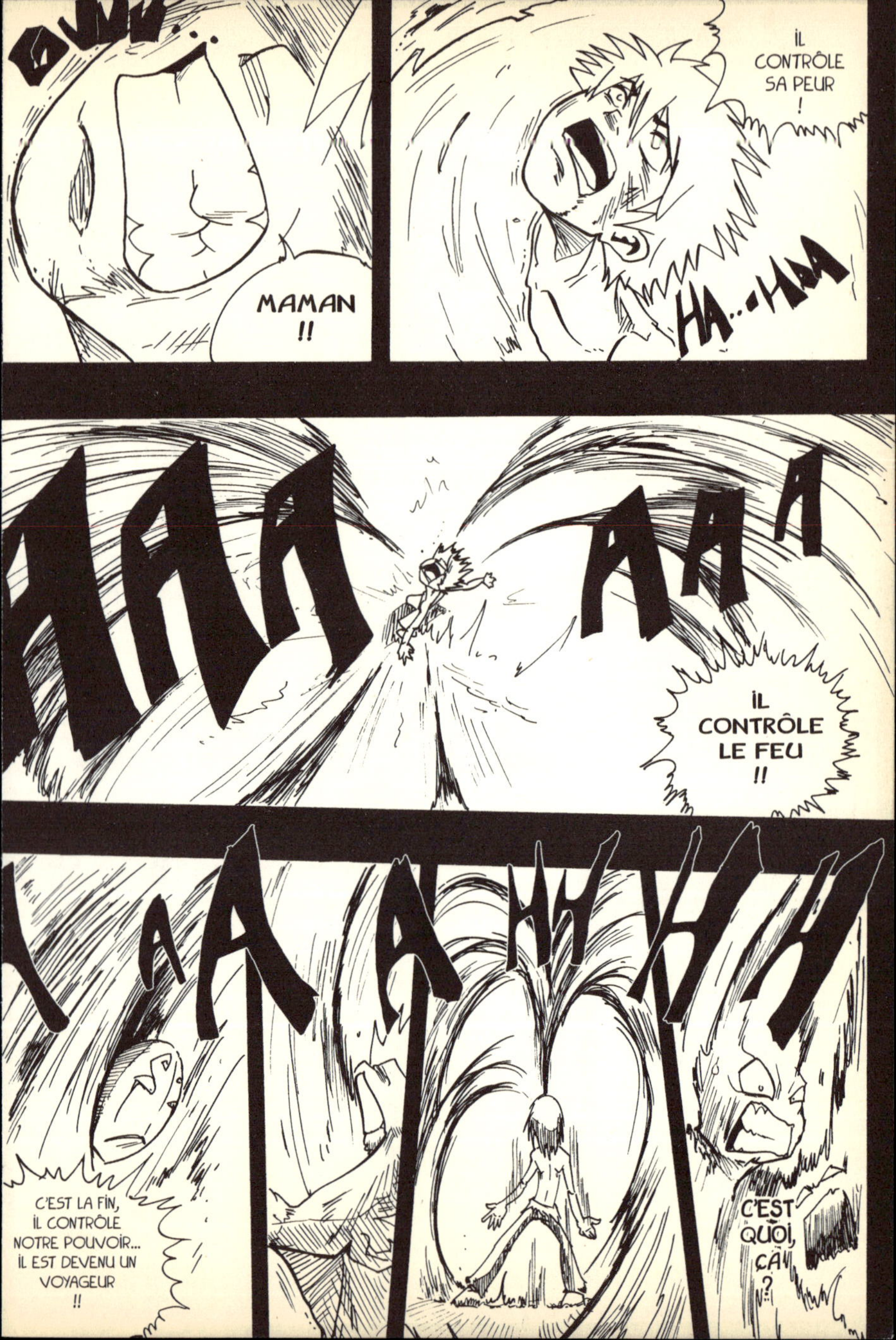
OUW...
MAMAN !!
IL CONTRÔLE SA PEUR !
HA...HAA
AAAAAA
IL CONTRÔLE LE FEU !!
AAAAHHHHH
C'EST LA FIN, IL CONTRÔLE NOTRE POUVOIR... IL EST DEVENU UN VOYAGEUR !!
C'EST QUOI, ÇA ?

IMAGINEZ UN MONDE IMPROBABLE ET FÉERIQUE OÙ TOUT, ABSOLUMENT TOUT, EST POSSIBLE...
MOUAIS !
IMAGINEZ UN MONDE SI VASTE QU'ON NE LUI CONNAÎT NI BORNES, NI LIMITES...
IMAGINEZ UN MONDE ISSU DE VOS RÊVES LES PLUS FOUS, DANS LEQUEL VOTRE ESPRIT NE POURRAIT QUE S'ÉGARER...
ZODIAK

CE MONDE PORTE UN NOM...
DREAMLAND !!!
TERRENCE N'A QUE 18 ANS...
NOM
SA MÈRE EST MORTE DANS UN INCENDIE QUAND IL AVAIT 7 ANS.
DEPUIS...
PON !
IL A UNE PEUR PANIQUE DU FEU !
TOC !
MAIS CE SOIR, IL A VAINCU SA PEUR !!

OÙ EST TON FRÈRE ?
TERRENCE !? J'SAIS PAS... IL DOIT ENCORE DORMIR !
SLURP!
ET ARRÊTE DE FAIRE AUTANT DE BRUIT EN MANGEANT, C'EST RÉPUGNANT !!
TU FERAIS BIEN D'ALLER LE RÉVEILLER, VOUS ALLEZ ÊTRE EN RETARD !
MIAM!
08:05

YAHOUU !!
ON PEUT DIRE QUE TU AS EU CHAUD !
TU ES EN SÉCURITÉ, QUELQUE PART OÙ TU NE RISQUES PLUS DE TE FAIRE BOUFFER PAR LES FLAMMES...
JE SUIS OÙ, LÀ ?
QU'EST-CE QUI M'EST ARRIVÉ ?
FROT ! FROT !
EN PLUS, TU AS RÉUSSI À T'EMPARER D'UN DE LEURS POUVOIRS
HEIN ?!
ARRIVER À SURMONTER L'ÉPREUVE DU FEU...
CE N'EST PAS DONNÉ À TOUT LE MONDE !
HÉ, ATTENDEZ UNE MINUTE !
J'AI DÛ LOUPER UN ÉPISODE...
VOUS ÊTES QUI VOUS, D'ABORD ? ET JE SUIS OÙ, LÀ ?

TU ES À DREAMLAND, LE MONDE DES RÊVES ! QUI JE SUIS N'A PAS D'IMPORTANCE ! SACHE SIMPLEMENT QU'EN SURMONTANT TA PEUR DU FEU, TU AS RÉUSSI À TIRER UNE FORCE DE TA FAIBLESSE ! MAINTENANT TU AS UN POUVOIR... TU ES UN VOYAGEUR !!
J'AI FAIT ÇA, MOI !?
HÉ, UNE MINUTE, JE SUIS EN TRAIN DE RÊVER LÀ, NON !? ET D'ABORD, C'EST QUOI CE BLED... DREAMLAND ?
UN PEU DE PATIENCE, TU OBTIENDRAS TOUTES LES RÉPONSES À TES QUESTIONS QUAND LE MOMENT SERA VENU...
BEN MINCE, ALORS !
EN TOUT CAS, ATTENDS-TOI À AVOIR UNE SURPRISE LA NUIT PROCHAINE, AINSI QUE TOUTES LES AUTRES NUITS, D'AILLEURS !
M'ÉNERVE CE VIEUX À PARLER PAR ÉNIGMES !
MAIS JE SUIS SÛR QUE TU AURAS DÉJÀ COMPRIS BEAUCOUP DE CHOSES LA PROCHAINE FOIS QUE NOUS NOUS VERRONS...
ENFIN SI T'ES PAS TROP BÊTE !
HÉÉ!

HÉÉ !!
MERDE, J'AVAIS POURTANT MIS LE RÉVEIL À 8 H !!
08:10
BORDEL, TERRENCE, QU'EST-CE QUE TU FOUS ? T'AS VU L'HEURE !?
HEIN ?!
GROUILLE-TOI DE TE LEVER !!
IL SAIT DE QUOI IL PARLE, IL A DÉJÀ RATÉ SON BAC L'ANNÉE DERNIÈRE.
PUTAIN, TU NOUS AS FOUTUS EN RETARD AVEC TES CONNERIES ! J'TE SIGNALE QU'ON PASSE LE BAC À LA FIN DE L'ANNÉE, ALORS C'EST PAS LE MOMENT DE GLANDER !!
OH, ÇA VA, T'EXCITE PAS ! RELAX !
JE L'CROIS PAS ! CET ENFOIRÉ A TRACÉ SANS MÊME M'ATTENDRE !
MERDE ! OÙ IL EST PASSÉ ?
'TAIN, POURQUOI IL A FALLU QU'ON SOIT DANS LA MÊME CLASSE ? IL EST DÉJÀ LOURD À LA MAISON, MAIS LÀ, C'EST CARRÉMENT LE BOULET !!

Lycée Polyvalent MAS de TESSE
LYCEE MAS DE TESSE
BON, BEN NOUS Y VOILÀ...
M. MEYER, VOS RETARDS RÉPÉTÉS COMMENCENT SÉRIEUSEMENT À M'INDISPOSER !!
M. MUJOT, PROF DE GESTION ET ROI DU POSTILLON !
TOUS LES JOURS C'EST LA MÊME CHOSE ! C'EST TOTALEMENT INTOLÉRABLE !! JE VOUS PRÉVIENS, CONTINUEZ COMME ÇA ET VOUS N'AUREZ JAMAIS VOTRE BAC !!

IL AVAIT L'AIR TELLEMENT RÉEL...
IL ÉTAIT QUAND MÊME BIZARRE CE RÊVE.
J'AIMERAIS BIEN ÊTRE À TA PLACE, LE MOINEAU...
BLABLABLA... LA BANQUE EST CRÉDITEUSE DONC... BLA BLABLA ET BLABLABLA...
OUPS !
PROUT
MAIS BON, CE N'ÉTAIT QU'UN RÊVE PUISQUE JE SUIS ICI...
À ME FAIRE CHIER EN COURS DE GESTION.
HEIN !?
EUH, J'SUIS DÉSOLÉ, MAIS PARLE MOINS FORT ! ON VA SE FAIRE VIRER !!
PUTAIN, MAIS ÇA SCHLINGUE ! T'AS LE CUL MOISI OU QUOI !?
ENFOIRÉ ÉÉÉÉÉ !!

DEHORS !!
PFFFFF, JE COMPRENDS PAS QUE TU SOIS TOUJOURS AUSSI ACCRO À CETTE MEUF. TU FERAIS MIEUX DE LAISSER TOMBER, C'EST UNE INTELLO, ELLE TE CALCULE MÊME PAS !
T'AS VU LE REGARD MÉPRISANT DE LYDIA QUAND ON EST SORTIS DE LA SALLE !? ELLE DOIT ME PRENDRE POUR UN GLANDEUR !
PUTAIN, TERRENCE, T'ES VRAIMENT CHIANT ! TOI, TU T'EN FOUS PEUT-ÊTRE DU BAC MAIS PAS MOI !!
PFFFF, JE PARIE QUE TU VAS TE PRENDRE UN RÂTEAU !
FAUDRAIT QUE J'ARRIVE À ATTIRER SON ATTENTION AUTREMENT QU'EN FAISANT LE CON !
AH BON, PARCE QUE T'ES CAPABLE DE FAIRE AUTRE CHOSE QUE LE CON, TOI !?
OUAIS, D'AILLEURS J'IRAI LUI PARLER TOUT À L'HEURE, APRÈS LE COURS !
LAISSER TOMBER LYDIA, T'ES FOU !? C'EST POUR ELLE QUE JE ME LÈVE TOUS LES MATINS POUR ALLER DANS CE FOUTU BAHUT !
TA GUEULE !!
BEN !?
HÉÉÉ !!
QUOI ?

TERRENCE !!
HEY, TERRENCE !?
BRROT AAAHAA!
OUAiS, QU'EST-CE QUi T'ARRiVE, MON POTE ? C'EST MUJOT QUi T'AS MiS EN ROGNE ?
T'ES POURTANT HABiTUÉ DEPUiS LE TEMPS !
SALUT TERRENCE ! ON TE CHERCHAiT PARTOUT... ÇA VA PAS ?
SIMPSON
MANU !? NYTi !? VOUS TOMBEZ À PiC ! J'Ai JUSTEMENT UNE GRANDE NOUVELLE À VOUS ANNONCER !
J'Ai BiEN RÉFLÉCHi... Y A PAS 36 SOLUTiONS ! AUJOURD'HUi, JE VAiS FAiRE MA DÉCLARATiON À LYDiA !!

CHAQUE FOIS QUE JE LA VOIS, MA JOURNÉE S'ILLUMINE. SI J'AI CHOISI CETTE SATANÉE OPTION GESTION, C'EST UNIQUEMENT POUR ÊTRE DANS LA MÊME CLASSE QU'ELLE.
LYDIA, 1,63 M DE GENTILLESSE ! JE NE CONNAIS PAS SON POIDS, MAIS JE SUIS SÛR QU'IL EST PARFAIT. DE TOUTE FAÇON, CETTE FILLE EST PARFAITE ET JE CRAQUE POUR ELLE DEPUIS LA 4E...
NON SEULEMENT ELLE EST BELLE, MAIS ELLE EST INTELLIGENTE AUSSI. D'AILLEURS C'EST LA MEILLEURE ÉLÈVE DE LA CLASSE. BREF, COMME JE L'AI DÉJÀ DIT, ELLE EST PARFAITE... ABSOLUMENT PARFAITE !!
LYDIA, C'EST UN ANGE DE BEAUTÉ. ELLE N'A BESOIN D'AUCUN ARTIFICE... PAS COMME SA COPINE ÈVE, CETTE BIMBO ALLUMEUSE !
JE CROIS BIEN QU'ELLE SE DOUTE UN PEU DES SENTIMENTS QUE J'ÉPROUVE POUR ELLE... ALORS, AUJOURD'HUI, C'EST DÉCIDÉ, JE VAIS LUI FAIRE MA DÉCLARATION. ADVIENNE QUE POURRA...
C'EST BIEN SIMPLE, TOUT ME PLAÎT CHEZ ELLE, SON GRAIN DE BEAUTÉ SOUS SON ŒIL, SON SOURIRE, SA VOIX, TOUT QUOI...

C'EST DÉCIDÉ, JE VAIS LUI DEMANDER SI ELLE VEUT SORTIR AVEC MOI !!
HÉ HÉ..!
MAIS NON, T'Y CONNAIS RIEN !
EUH... C'EST PAS UN PEU TROP DIRECT ?
IL A RAISON.
HUM...
QU'EST-CE QU'IL NOUS VEUT, LUI ?
EUH... SALUT, LES FILLES ! JE... EUH... LYDIA, JE... JE PEUX TE PARLER UNE MINUTE !?... PARCE QUE...
EUH... JE... J'AI UN TRUC À TE DIRE ! HÉ HÉ...
OH LÀ LÀ, J'SUIS LAMENTABLE !
QUOI ? TU VEUX QU'ELLE TE FILE LES COURS DE GESTION, C'EST ÇA ? OU ALORS... ATTENDS, LAISSE-MOI DEVINER !
NON... EUH... C'EST UN TRUC PERSONNEL, JE...
'TAIN ! DE QUOI ELLE SE MÊLE, CELLE-LÀ ?
SI ELLE VEUX SORTIR AVEC TOI, C'EST ÇA !?
JE SAIS ! JE PARIE QUE TU VEUX LUI DEMANDER...
ALLEZ, AVOUE QUE T'EN PINCES POUR ELLE !!
HEIN !?
CO... COMMENT ELLE A DEVINÉ ?
ELLE PEUT PAS LA FERMER, NON !?
'TAIN, ÇA SE PASSE PAS DU TOUT COMME PRÉVU... QUELLE PESTE CETTE ÈVE !!
C'EST LA HONTE... FAUT ABSOLUMENT QUE JE RATTRAPE LE COUP, SINON JE VAIS PASSER POUR UN CON !

GÊNE ! GÊNE !
EN FAIT, C'EST MON FRÈRE QUI M'ENVOIE ! C'EST LUI QUI VEUT SORTIR AVEC LYDIA ! HÉ HÉ !
HA HA ! MAIS NON, C'EST PAS ÇA ! TU Y ES PAS DU TOUT ! HÉ HÉ !
HEIN !? C'EST QUOI CETTE HISTOIRE ?
VOUIT ! VOUIT !
IL EST TARÉ !! IL VEUT SE FAIRE ÉTRIPER, OU QUOI !?
MAIS QU'EST-CE QUI LUI PREND ?
MOUAIS, C'EST LOUCHE SON HISTOIRE !
BEN VEUT SORTIR AVEC MOI !?
JE ME SUIS FAIT VIRER DU COURS !
J'AI COMPLÈTEMENT FOIRÉ MA DÉCLARATION D'AMOUR À LYDIA...
ET BEN M'A FLANQUÉ UNE DÉROUILLÉE !
JE FERAIS MIEUX D'ALLER ME PIEUTER...
EH BEN... C'ÉTAIT VRAIMENT UNE SALE JOURNÉE, AUJOURD'HUI !
BON, BEN VOILÀ... HÉ HÉ ! J'AI FAIT LA COMMISSION !
TERRENCE !!
MAINTENANT, FAUT QUE JE ME SAUVE !

IL S'EST PASSÉ QUELQUE CHOSE AU LYCÉE ? VOUS VOUS ÊTES ENCORE BATTUS ?
BEN, NON ! ENFIN PAS PLUS QUE D'HABITUDE !
IL A L'AIR BIZARRE TON FRANGIN, CE SOIR !
AH BON, TU TROUVES !?
QUELQUE CHOSE DOIT LE TRACASSER !
N'EMPÊCHE QU'IL A L'AIR BIZARRE !
DREAMLAND !

JE DOIS SÛREMENT ÊTRE EN TRAIN DE RÊVER ! POURTANT, TOUT ÇA A L'AIR TELLEMENT RÉEL...
TOC !!
JE ME DEMANDE BIEN CE QU'EST DEVENU LE VIEUX QUE J'AI RENCONTRÉ HIER...
PFFF, OÙ EST-CE QUE J'AI ENCORE ATTERRI ?
MAIS...
C'EST QUOI CE DÉLIRE ?
EST CE QUE JE SUIS DANS DREAMLAND ??
LYDIA AT'ELLE UN STRING
HMM ?

C'EST QUOI ENCORE CE PLAN ?
AAAH !! MAIS C'EST PAS POSSIBLE, J'HALLUCINE !?
QU'EST CE QU'ILS METTENT DANS LE BIG MAC?
EST CE QUE JE VAIS FAIRE L'AMOUR CETTE ANNÉE
J'AI UNE VERRUE SUR LE CUL ??
LYDIA EST ELLE UNE COCHONE ??
TOUTES... TOUTES MES PENSÉES S'INSCRIVENT SUR LES PIERRES !!
TU ES AU ROYAUME DES DOUTES ! TOUTES LES QUESTIONS QUE TU TE POSES S'INS-CRIVENT SUR LES DÉCORS. C'EST COMME ÇA QUE ÇA MARCHE DANS CE PAYS, BANANE !!
C'EST NORMAL, BANANE !!

ÉVIDEMMENT, BANANE ! REGARDE AUTOUR DE TOI ! ICI, TOUT N'EST QUE QUESTIONS !!
LE ROYAUME DES DOUTES !? JE SUIS DONC BIEN À DREAMLAND ALORS !?
EST-CE QUE LES LECTEURS VONT AIMER DREAMLAND ??
EST-CE QUE J'AI BIEN FAIT DE DIRE ÇA ?
C'EST QUOI CE DÉLIRE ??
HA HA ! TU DEVRAIS VOIR LA TÊTE QUE TU TIRES, C'EST TROP MARRANT !! HA HA HA !!
ET CETTE PIERRE SE FOUT DE MA GUEULE ??
MERDE MAIS JE DEVIENS TARÉ C'EST QUOI CE RÊVE ??
GLURB !
JE SUIS DÉBILE
QU'EST-CE QUE JE FOUS LÀ, MOI ?
C'EST PAS VRAI, PAS MOYEN D'ÊTRE TRANQUILLE 2 MINUTES !
HÉ, ATTENDS-MOI ! ME LAISSE PAS TOUT SEUL ! ÇA ME FAIT FLIPPER TOUTES CES INSCRIPTIONS !!
EST-CE QUE JE LE SUIS QUAND MÊME AVEC SA TÊTE BIZARRE ??

HÉÉÉÉÉÉÉÉÉ !!
QU'EST-CE QUI SE PASSE ENCORE ?
EUH, TU VIS SEUL ICI ? CET ENDROIT NE TE FICHE PAS LA TROUILLE ?
DE QUOI POURRAIS-JE BIEN AVOIR PEUR ? NOUS SOMMES UN PEUPLE PACIFIQUE, TOTALEMENT DÉVOUÉ À NOTRE REINE. ICI, NOUS ACCUEILLONS LES NOUVEAUX VOYAGEURS COMME TOI !
JE DISAIS... C'EST TERRIBLE ! UN VOYAGEUR SAIT QUE C'EST NOUS QUI L'AVONS !!
CALME-TOI, JE NE COMPRENDS RIEN À CE QUE TU DIS !
PUF !! PUF !! C'EST... C'EST TERRIBLE... PUF... VOY... GEUR... IL SAIT QUE... PUF ! PUF !!
ARF ! ARF !
C'EST ABOMINABLE !! COMBIEN AVONS-NOUS DE VOYAGEURS SUSCEPTIBLES DE NOUS AIDER DANS LE ROYAUME ?
GARGL
HÉ !
JE N'EN AI PAS LA MOINDRE IDÉE ! TOUT CE QUE JE SAIS, C'EST QU'IL EST EN CE MOMENT MÊME DANS LE ROYAUME ET QU'IL LA CHERCHE !!
QUOI ! ?
MAIS C'EST IMPOSSIBLE ! COMMENT L'A-T-IL SU ?
HÉ !

BEN, ON A QUE LUI !
CACA...
...
... CATASTROPHE !!
BON, DIS-MOI, BANANE...
EST-CE QUE TU POSSÈDES UN POUVOIR QUELCONQUE QUI PUISSE NOUS ÊTRE UTILE ?
C'EST UN VOYAGEUR, ALORS IL DOIT SÛREMENT AVOIR DES POUVOIRS !
QUOI ? MAIS CE N'EST QU'UN NOVICE ! IL N'EN EST QU'À SA 2E NUIT, IL N'EST PAS DU TOUT PRÊT !!
NOUS N'AVONS PAS LE CHOIX ! ACTUELLEMENT, IL N'Y A QUE LUI DANS LE ROYAUME !!
DIS-MOI...
ALLEZ, PARLE !! TU ES NOTRE SEULE CHANCE DE NOUS SAUVER, NOUS ET NOTRE ROYAUME !!
ÉCOUTE, TU DOIS NOUS AIDER, SINON ON EST FOUTUS !!
OH LÀ LÀ, C'EST LA CATASTROPHE !
JE SUIS DÉSOLÉ, MAIS J'IGNORE VRAIMENT QUEL POUVOIR JE DÉTIENS !
C'est QUOI MON POUVOIR ?!
IL VA VRAIMENT ME FRAPPER
EUH... J'EN SAIS RIEN !

HÉ!
HÉ!
HA HA HA ! DÉSOLÉ P'TIT, MAIS JE N'AI PAS L'INTENTION DE PARTAGER, ÇA FAIT TROP LONGTEMPS QUE JE LA CHERCHE... ELLE EST POUR MOI SEUL !!
HÉ HÉ ! JE VOIS QUE MES INFORMATIONS ÉTAIENT EXACTES...
IL Y A DU MONDE SUR LE COUP !!
EUH, IL Y A SÛREMENT UNE ERREUR ...
ELLE ?
WHAAA, MORTEL LE PIERCING !
JE T'EN SUPPLIE, FAIS QUELQUE CHOSE ! VIIITE !!
AAAAAH ! IL SAIIIT !!
ESSAIE PAS DE M'EMBOBINER P'TIT !! JE TE DIS QUE LA CLEF DES SONGES EST POUR MOI !!

J'AI PAS L'INTENTION DE ME FAIRE DOUBLER PAR UN MINABLE DE TON ESPÈCE !!
ALORS CASSE-TOI DE MON CHEMIN !!
AARGH ! C'EST QUOI, ÇA ?
HA HA HA ! AVOUE QUE ÇA NE MANQUE PAS DE PIQUANT !?
MON NOM EST EXTHA, MAIS ON M'APPELLE AUSSI LE MAÎTRE DES POINTES !!
AA... AA.

WAPAF!
PUTAIN J'AI DÛ ME RUINER LE DOS
TOC! TOC!
SPIKE EPIK!
PRENDS ÇA !!
ZOM!!
HAN !
CRE-VE !!
IL EST MALADE, CE MEC !?

TU TE CACHES, HEIN ?!
SWIP
OÙ IL EST PASSÉ ?
!!
ALLEZ, MONTRE-TOI, P'TIT ! J'AI PASSÉ L'ÂGE DE JOUER À CACHE-CACHE !
TU PEUX M'EXPLIQUER CE QUI SE PASSE, ICI !? IL ME VEUT QUOI, CE TARÉ ?
DE NOMBREUX VOYAGEURS CHERCHENT LA CLEF DES SONGES. LA CONCURRENCE EST RUDE. IL DOIT SÛREMENT TE PRENDRE POUR UN RIVAL !
'TAIN, C'EST UN COUP À SE CHOPER LE TÉTANOS, CES CONNERIES !
AÏE !!
ÇA FAIT VACHEMENT MAL !!
MAIS JE M'EN FOUS, MOI, DE SA CLEF DES SONGES... JE SAIS MÊME PAS CE QUE C'EST !!
LA CLEF DES SONGES EST L'UN DES PLUS GRANDS TRÉSORS DE DREAMLAND ET PERSONNE NE DOIT S'EN EMPARER !!
Y EN A MARRE, SORS-MOI DE LÀ !!

ÉCOUTE, JE SAIS QUE TU ES NOUVEAU ICI, MAIS TU ES NOTRE SEUL ESPOIR. TU DOIS ABSOLUMENT LE COMBATTRE POUR L'EMPÊCHER DE TROUVER LA CLEF ! TU ES UN VOYAGEUR DONC TU POSSÈDES DES POUVOIRS SURPUISSANTS, ALORS SERS-T'EN !!
DÉSOLÉ, MAIS JE N'AI PAS LA MOINDRE IDÉE DES POUVOIRS DONT JE DISPOSE ! ALORS NE COMPTE PAS SUR MOI POUR ALLER ME FAIRE MASSACRER LA TRONCHE PAR CE TARÉ !!
CE GAMIN EST UN CONTRÔLEUR DU FEU !!
C'EST PAS VRAI !?
QU'EST-CE QUI M'ARRIVE ?
BON, TU SORS DE TA CA...
C'EST QUOI CETTE LUMIÈRE ?
ÇA... ÇA NE ME BRÛLE PAS, JE NE RESSENS MÊME PAS LA CHALEUR ! CE SERAIT DONC ÇA MON POUVOIR !?
COMMENT J'AI FAIT ÇA ? D'OÙ SORT CETTE FLAMME ?

AH, VOILÀ DONC OÙ TU TE CACHAIS !
SKLING
AAAAH, IL NOUS A RETROUVÉS !! NOUS SOMMES PERDUS !!
BON, IL FAUT QUE JE TENTE UN TRUC !
EUH...
ATTENTION ! CHAUD DEVANT !!
FFFF...
HO HO !? UN POUVOIR DE FEU !? VOILÀ QUI VA PIMENTER NOTRE COMBAT !!

CACA...
...CATASTROPHE!!
FLÛTE !!
NON, MAIS C'EST PAS VRAI !? QUEL NUL !!
ET SI JE LUI DEMANDE DE M'ÉPARGNER ??
COMMENT JE FAIS MOI MAINTENANT ??
PSSHH!!
NON, PAS PAR ICI, BANANE !!
AAAAAHH!
MAIS CELUI-LÀ EST DIFFÉRENT... POUR QUELLE RAISON LE SEIGNEUR DU FEU LUI A-T-IL ACCORDÉ SES POUVOIRS ?
BIZARRE ! D'HABITUDE, LES CONTRÔLEURS DU FEU SONT TRÈS DANGEREUX ET ILS N'OBÉISSENT QU'AUX ORDRES DU PUISSANT SEIGNEUR DU FEU !!

POINTU EXPLOSION !
PEU IMPORTE, LA CLEF DES SONGES ME RENDRA AUSSI PUISSANT QU'UN SEIGNEUR CAUCHEMARS !!
IL CHAUSSE DU COMBIEN ?
ZZ...ZZ...ZZZ...
LYDIA

LES... LES POINTES, ELLES SE SONT FIGÉES !!
CRRiiK!
CRRiiK!
GLL...
J'EN ÉTAIS SÛR !
DE LA GLACE !?
HMM, IL Y A SÛREMENT UN AUTRE VOYAGEUR, ICI !
HHH

QU'EST-CE QUE TU VIENS FOUTRE LÀ, TOI ?
QUI C'EST ?
AUCUNE IDÉE !
LA CLEF DES SONGES EST À MOI !! JE NE LAISSERAI PERSONNE D'AUTRE S'EN EMPARER !!
TU PEUX BIEN T'EMPARER DE TOUTES LES CLEFS QUI TE CHANTENT...
MAIS JE NE TE LAISSERAI PAS MALTRAITER UN ENFANT... ÇA ME MET HORS DE MOI !!

C'EST LUI, L'ENFANT.
EH OH... J'AI QUAND MÊME 18 ANS !
HÉÉÉ !! QU'EST-CE QUE TU FOUS ?
COMME ÇA, TU TE TIENDRAS TRANQUILLE !!
C'EST UN DE TES POTES, CE MEC ?
NON, C'EST LA PREMIÈRE FOIS QUE JE LE VOIS... MAIS IL A L'AIR PUISSANT !
COOL !!
SSSHH
LA CLASSE ! CE MEC EST TROP BALÈZE !!

JE SUIS SÛR QUE JE PEUX EN FAIRE AUTANT ! BOUGE PAS, TU VAS VOIR !!
ET VOILÀ L'AUTRE QUI REMET ÇA !!
T'INQUIÈTE PAS !!
QUELLE BANANE !!
NON, N'Y VA PAS, CRÉTIN ! TU NE SAIS MÊME PAS LANCER TA FLAMME !!
POINTU EXPLOSION !!
DAAAAA
TIENS ! PRENDS ÇA, P'TIT CON !!

SHHASH!!!
VOOOOOOO
À TON TOUR DE DÉGUSTER, TIENS !!
MOI QUI DÉTESTE LES PIQÛRES !!
GUU...
CRAMAGE DE GUEULE !!
BAF !!

J'SUIS COMPLÈTEMENT VIDÉ... HAN HAN !!
FAUT PAS QU'IL SE RELÈVE...
ARF... ARF...
ÇA ALORS ...
IL A RÉUSSI !
POF—!
VOUS NE PERDEZ RIEN POUR ATTENDRE, ON SE RETROUVERA, BANDE D'ENFOIRÉS !!
FUCK! FUCK!
OUAIS... C'EST ÇA !
IMPOSSIBLE D'AFFRONTER DEUX CONTRÔLEURS D'ÉLÉMENTS EN MÊME TEMPS...
KKK...
PUTAIN, C'ÉTAIT QUOI, CE COUP ?

İL... İL A DİSPARU...
FAİS PAS ATTENTİON, İL EST NOUVEAU ! C'EST SEULEMENT SA DEUXİÈME VENUE À DREAMLAND !!
SE RÉVEİLLER !? TU VEUX DİRE QUE CE GARS EXİSTE VRAİMENT DANS LA RÉALİTÉ !?
DİSONS PLUTÔT QU'İL S'EST RÉVEİLLÉ ! İL A QUİTTÉ DREAMLAND POUR RETOURNER DANS LE MONDE RÉEL...
C'EST DİNGUE COMME CERTAİNS SEM-BLENT PLUS DOUÉS QUE D'AUTRES !
OH, ÇA VA !
Sİ TU VOİS CE QUE JE VEUX DİRE...
À DİRE VRAİ, POUR MOİ AUSSİ, CE N'EST QUE MA DEUXİÈME NUİT İCİ !
AH BON !?
HEUREUX DE TE CONNAÎTRE, TERRENCE... MOİ C'EST SHUN !!
EN TOUS CAS, MERCİ POUR LE COUP DE MAİN... MOİ, C'EST TERRENCE !!

08:15
AAAAH!!
OH NON, J'SUIS MÉGA À LA BOURRE ! JE VAIS ENCORE ME FAIRE ENGUEULER !!

Terrence

ÂGE : 18 ANS, NÉ LE 23/12/1987.

VILLE : MONTPELLIER (FRANCE).

ACTIVITÉ : TERMINALE STT AU LYCÉE MAS DE TESSE, OPTION GLANDAGE.

DREAMLAND : CONTRÔLEUR DU FEU MALADROIT ET PAS DOUÉ.

OBJET MAGIQUE : BOÎTE DE 100 ALLUMETTES.

AIME : LYDIA, DORMIR ET ALLER À DREAMLAND, LE CINÉ, LES JEUX VIDÉO ET PLEIN DE TRUCS TRANQUILLES, LE FAST-FOOD AUSSI.

DÉTESTE : MUJOT ET LA COMPTA, LES PETITS POIS, LE SPORT, ET TOUT CE QUI TOUCHE AU TRAVAIL.

SURNOM : MOUMOU.

DicoLand

PYROPHOBIE : LA PEUR DU FEU, MAIS AUSSI TOUT CE QUI A UNE FLAMME : BRIQUET, ALLUMETTE, BOUGIE, FEU DE CAMP, ETC.

dream land

SONGE 2

COEFFICIENT 4

RÊVEUSE : MAMAN

ROYAUME : RELOULAND (LES SOMMETS DE LA GESTION)

HEIN ? MAIS... ATTENDEZ, LÂCHEZ-MOI !! IL DOIT Y AVOIR UNE ERREUR !
CET ENDROIT EST STRICTEMENT RÉSERVÉ AUX MODÈLES, VOYEZ-VOUS !? SOYEZ LE BIENVENU !!
MAIS...
HÉÉÉ, ARRÊTEZ !! QU'EST-CE QUE VOUS FAITES ?
ART. TOWER
MES FRINGUES...
MAIS JE...
VOUS ÊTES À L'ÉTAGE N° 7 DE LA TOUR DES ARTS, VOYEZ-VOUS...
ET TOUS LES MODÈLES DE L'ÉTAGE N° 7 DOIVENT POSER NUS, VOYEZ-VOUS !?
BLOB! BLOB!

MOI, TOUT CE QUE JE VEUX, C'EST REJOINDRE LYDIA À DREAMLAND POUR SAVOIR À QUOI ELLE RÊVE !
NON, JE NE CROIS PAS ! TOUT LE MONDE SAIT COMMENT FONCTIONNE L'ÉTAGE N° 7, VOYEZ-VOUS !?
IL DOIT SÛREMENT Y AVOIR UNE ERREUR !!
MAIS JE VEUX PAS ÊTRE MODÈLE...
TERRENCE EST LÀ !
HÉ, FAITES LA QUEUE !
MODÈLE 7128 AC !? LE PEINTRE VOUS ATTEND PORTE 191 !
HEIN ?
QU'EST-CE QUE JE FOUS LÀ ? Y A QUE DES GENS À POIL, ICI ! C'EST QUOI CE DÉLIRE ?

191
HERE
SUR QUOI JE VAIS ENCORE TOMBER ?
BON, C'EST QUOI LA SUITE DU PROGRAMME ?
LYDIA!!

J'HALLUCINE !! JE SUIS EN TRAIN DE POSER NU POUR LYDIA !! DÉCIDÉMENT, J'ARRIVERAI JAMAIS À PIGER COMMENT FONCTIONNE DREAMLAND !!
OH NON ! JE... JE NE PEUX PAS BOUGER ! JE SUIS COMME PARALYSÉ...
SON REGARD N'EST PAS COMME D'HABITUDE !
HÉ, MAIS...
ELLE A L'AIR SUPER CONCENTRÉE...
LYDIA ME VOIT NU, MAIS ÇA NE SEMBLE PAS LA GÊNER...
BON, PAS D'AFFOLEMENT... RESTONS CALME !
OH NON, PAS ÇA ! PAS MAINTE-NANT !!
PAS ICI ! PAS DEVANT LYDIA !! RESTE COUCHÉ, TOI, BON SANG !!
HEIN !?
C'EST PAS DÉSAGRÉABLE... ÇA ME CHANGE DES REGARDS QU'ELLE ME JETTE DANS LA VRAIE VIE !

PENSE À AUTRE CHOSE ! JE SAIS PAS, IMAGINE QUE T'ES EN COURS DE COMPTA !!
GNNN...
SI LYDIA ME VOIT COMME ÇA, C'EST LA CATA...
FROT FROT
CONTRÔLE-TOI, TERRENCE ! CONTRÔLE-TOI !!
GNNN... ÇA MARCHE PAS !!
RHAAAA ! JE VAIS CRAQUER !!
BEN, OÙ ELLE EST PASSÉE ?
HÉ ! JE PEUX BOUGER...
JE CRAAAAQUE !!

EXCUSEZ-MOI, MONSIEUR LE PINCEAU ! POURRIEZ-VOUS ME DIRE CE QUI EST ARRIVÉ À LYDIA ?
HMM !?
CLAM
FINALEMENT, C'EST PAS PLUS MAL QU'ELLE AIT DISPARUE...
J'AI RIEN PIGÉ, MAIS C'EST PAS GRAVE !
191
CLAP
J'ESPÈRE QU'ELLE S'EST RENDU COMPTE DE RIEN...
VOUS VOULEZ PARLER DE LA FILLE DE LA PORTE 191... HMM, VOYONS... ELLE S'EST RÉVEILLÉE, TOUT SIMPLEMENT !
AAAAH, D'ACCORD !
QUOI, ELLE S'EST RÉVEILLÉE !? MAIS ALORS, ÇA VEUT DIRE QU'IL EST L'HEURE D'ALLER EN COURS !!
J'AI DÛ OUBLIER DE METTRE LE RÉVEIL... J'SUIS BON POUR UNE ENGUEULADE !
C'EST FOUTU !! JE NE SAIS MÊME PAS COMMENT ON FAIT POUR SE RÉVEILLER...
TEK
C'ÉTAIT UN VOYAGEUR !?
MAIS ALORS... POURQUOI A-T-IL VOULU FAIRE LE MODÈLE ? C'EST BIZARRE !
IL FAUT QUE JE ME RÉVEILLE AUSSI, SINON JE VAIS ENCORE ME FAIRE JETER PAR MUJOT !!
C'EST OÙ LA SORTIE ?

PAS TROP TÔT !
ÇA Y EST, J'SUIS ENFIN RÉVEILLÉ...
TÊTE DANS LE CUL
ÇA ME PLAÎT BIEN ! MAIS BON, DU COUP, J'AI PAS VRAIMENT L'IMPRESSION DE DORMIR...
SI J'AI BIEN COMPRIS, JE ME SUIS RETROUVÉ DANS LE RÊVE DE LYDIA... CE SERAIT DONC ÇA, ÊTRE UN VOYAGEUR !? JE N'AI QU'À PENSER À ELLE AVANT DE M'ENDORMIR ET JE LA REJOINS À DREAMLAND...
ET MERDE ! J'ÉTAIS EN TRAIN D'OUBLIER LE COURS DE GESTION !!
CE QU'IL Y A DE BIEN DANS CETTE HISTOIRE, C'EST QUE JE VAIS POUVOIR APPRENDRE PLEIN DE CHOSES SUR ELLE...
28/03/05
LYDIA
ÇA ME PERMETTRA DE COMPLÉTER MON CARNET SPÉCIAL LYDIA...
ENFIN... L'IMPORTANT, C'EST D'AVOIR VU LYDIA...
DONC, ELLE AIME BIEN PEINDRE DES HOMMES TOUT NUS... HMM HMM...

QUOI ?! MAIS C'EST PAS JUSTE !!
M. MEYER, ÉPARGNEZ-NOUS VOS COMMENTAIRES, S'IL VOUS PLAÎT !!
VOUS VOUS METTREZ PAR GROUPE DE TROIS ET VOUS ME DRESSEREZ LE BILAN PRÉVISIONNEL D'UNE ENTREPRISE FICTIVE ! CE TRAVAIL SERA NOTÉ AVEC UN COEFFICIENT 4...
ENFIN M'SIEUR... UN COEFFICIENT 4, C'EST CARRÉMENT ABUSÉ !!
ZZZZZZ
ÇA SUFFIT, M. MEYER ! DONC, COMME JE VOUS LE DISAIS AVANT QUE VOUS NE M'INTERROMPIEZ...
JE VOUS RAPPELLE QUE CETTE NOTE COMPTERA POUR VOTRE BILAN TRIMESTRIEL ET DONC QU'ELLE FIGURERA DANS VOTRE DOSSIER D'APPRÉCIATIONS DU BAC. PRÉPAREZ-VOUS À PASSER UN WEEK-END... STUDIEUX, CAR JE VEUX CES DEVOIRS POUR LUNDI !!
WHAA, DUR LE RETOUR À LA RÉALITÉ ! ET LYDIA QUI ME CALCULE MÊME PAS... POURTANT ON A ÉTÉ DRÔLEMENT PROCHES CETTE NUIT. ELLE M'A VU TOUT NU... C'EST PAS RIEN !?

PFF, C'EST NUL !
EN EFFET, ÈVE !
POURVU QUE JE NE TOMBE PAS AVEC MON CANCRE DE FRANGIN !
M'SIEUR !? VOUS VOULEZ DIRE QUE C'EST PAS NOUS QUI CHOISISSONS ?!
BIEN, MAINTENANT JE VAIS VOUS DONNER LES NOMS DE CEUX QUI TRAVAILLERONT ENSEMBLE !
HÉ HÉ HÉ !!
POUR LE GROUPE 8 : BENJAMIN MEYER...
PAS TERRENCE, PAS TERRENCE !
MANI MACHENU...
PFFF, PAS CE TARÉ DU NET...
OH NON, J'SUIS AVEC BEN !
ET NITY CALLBEL !
ET ALLEZ, L'AUTRE GOTHIQUE, MAINTENANT !!
OUF... Y A QUAND MÊME NITY !
ZUT, J'AURAIS PRÉFÉRÉ ÊTRE AVEC TERRENCE !
LE GROUPE 9, MAINTENANT... TERRENCE MEYER...
LYDIA, POURVU QUE JE SOIS AVEC LYDIA !
ÈVE BRIGHT...
NOOOON, PAS ELLE !
OH NON, M'SIEUR ! ME METTEZ PAS AVEC CE NUL !!
ET LYDIA LERI !
YEEES !!
OUF, J'AI EU PEUR !

Y FAIT CHIER, MUJOT, J'AVAIS PRÉVU D'ALLER EN BOÎTE, MOI !
JE L'CROIS PAS, TERRENCE EST AVEC LES PLUS FORTES !
MERDE ! TRAVAILLER AVEC BEN, TU PARLES D'UNE GALÈRE !
OÙ EST-CE QU'ON VA TRAVAILLER ? CHEZ MOI, C'EST PAS POSSIBLE, LE NOUVEAU JULES DE MA MÈRE EST À LA MAISON TOUT LE WEEK-END !
JE SUIS CONTENTE POUR TERRENCE ! IL DOIT ÊTRE HEUREUX DE SE RETROUVER AVEC LYDIA !
IL VA SE TAPER UNE SUPER NOTE... ALORS QUE MOI, C'EST PAS AVEC LES DEUX AUTRES TARÉS QUE JE VAIS Y ARRIVER !!
ARRÊTE ÈVE, C'EST DÉJÀ GENTIL QU'IL NOUS AIT PROPOSÉ DE VENIR TRAVAILLER CHEZ LUI !!
DIRE QUE JE VAIS PASSER MON SAMEDI SOIR À FAIRE DE LA COMPTA AVEC L'AUTRE PAUMÉ ! NON, MAIS REGARDE-MOI UN PEU LA TÊTE D'AHURI QU'IL SE PAYE !!

CACA...
CATASTROPHE
HÉ HÉ !
COU-COU !
SALUT !
QU'EST-CE QU'ILS FONT ICI ?
C'EST QUOI CE BORDEL ?
MOI QUI ESPÉRAIS PASSER UNE SOIRÉE...
TRANQUILLE AVEC LYDIA !!
BON, RESTONS COOL ! LYDIA NE DEVRAIT PLUS TARDER !!
'TAIN, QUEL ENFOIRÉ !!
PUTAIN, BEN, TU ME CASSES TOUT MON PLAN AVEC LYDIA ! POURQUOI TU LES AS AMENÉS ICI ?
POUR BOSSER ! J'TE RAPPELLE QU'ICI, C'EST AUSSI CHEZ MOI !

VOUS ÊTES VENUES TRAVAILLER AVEC TERRENCE ? ALLEZ-Y, ENTREZ !
DÉJÀ ?!
MAIS AVEC TOUS LES AUTRES, ÇA VA ÊTRE DUR... GLUPS !
BON, MON P'TIT TERRENCE, FAUT QUE T'ASSURES !!
TERRENCE !!
OUAIS, J'ARRIVE !!
GRMLB

21 HEURES
QU'EST-CE QUE T'EN PENSES TERRENCE ?
LOGIQUEMENT, ON DOIT OBTENIR ÇA...
FRIT FRIT
GRRRR, JE HAIS CETTE FILLE !! TANT QU'ELLE SERA LÀ, JE NE POURRAI RIEN TENTER AVEC LYDIA !!
EUH... JE... JE RÊVAIS PAS... J'ÉTAIS EN TRAIN DE RÉFLÉCHIR !!
MAIS QUEL GLAND ! J'LE CROIS PAS !!
HUM !
OH, TU ÉCOUTES UN PEU, AU LIEU DE RÊVER !?
DANS LA CHAMBRE DE BEN.
RAMBO
Z'ÊTES SÛRS QUE LE BILAN EST JUSTE !? MOI, J'AI UN DOUTE !
IL ME GONFLE À JOUER LES INSPECTEURS DES TRAVAUX FINIS !
ROCKY

23 HEURES
J'TE TROUVE BIZARRE EN CE MOMENT, LYDIA ! TU CRAQUERAIS PAS SUR TERRENCE, HEIN !?
MAIS NON !!
LÂCHE-LE UN PEU, ÈVE !
...
ALORS TERRENCE, T'EN ES OÙ... ÇA AVANCE ?
2 SECONDES !
DIS DONC, JE CROYAIS QUE TU N'AIMAIS PAS LES MOLLASSONS !? PARCE QUE LUI, DANS LE GENRE RAMOLLO, ON FAIT PAS MIEUX !!
JE COMMENCE À TROUVER ÇA COOL D'ÊTRE UN VOYAGEUR !! HÉ HÉ !
C'EST SÛREMENT À CAUSE DE LA NUIT D'HIER, ELLE DOIT SE RAPPELER QU'ELLE A RÊVÉ DE MOI...
LAISSE TOMBER, IL NE NOUS ÉCOUTE MÊME PAS !!
OUAIS !
J'EN AI MARRE, JE VAIS ENCORE ME TAPER UNE SALE NOTE !! COEFF 4 EN PLUS !!
EUH... BEN, JE CROIS QUE TU T'ES TROMPÉ LÀ !!
TOC !

1 HEURE
LYDIA...
JE... JE T'AIME DEPUIS LE PREMIER JOUR... EST-CE QUE TU VEUX BIEN SORTIR AVEC MOI ?
JE... JE VOUDRAIS PROFITER DE CE QU'ON EST ENFIN UN PEU TRANQUILLE POUR T'AVOUER QUELQUE CHOSE !!
HUM... LYDIA !?
BON... MAINTENANT, IL FAUT JUSTE QUE J'ARRIVE À LE LUI DIRE QUAND ELLE SERA RÉVEILLÉE !!
JE LE CROIS PAS !? ILS DORMENT TOUS !
OUF !! ÇA Y EST, J'AI FINI !!

4 HEURES
DIRE QUE JE POURRAIS ÊTRE AVEC LYDIA À DREAMLAND !
C'EST PAS JUUUSTE !
BLYB BLYB
J'ARRIVE PAS À M'ENDORMIR !!
OH NON !
SI SEULEMENT J'ARRIVAIS À M'ENDORMIR !
JE POURRAIS COMPLÉTER MON CARNET SPÉCIAL LYDIA...
MAINTENANT QUE CE FOUTU DEVOIR DE GESTION EST TERMINÉ...
DÉSOLÉ, P'TIT FRÈRE, JE T'EMPRUNTE TON DEVOIR ! À MON AVIS, IL A PLUS DE CHANCE D'ÊTRE JUSTE QUE CELUI QU'ON A FAIT AVEC LES AUTRES NAZES !!
HÉ HÉ !!

FLAM
VOUS M'AVEZ APPELÉ, SEIGNEUR...
FLOM
RELÈVE-TOI !
NEIL, CONTRÔLEUR DU FEU, SE PRÉSENTE HUMBLEMENT DEVANT VOUS !!
DIS-MOI, NEIL, COMBIEN Y A-T-IL DE VOYAGEURS À DREAMLAND QUI POSSÈDENT LE POUVOIR DU FEU ?
EN QUOI PUIS-JE ÊTRE UTILE AU ROYAUME DU FEU, SEIGNEUR ?
FLAM

EN TOUT, NOUS NE SOMMES QUE TROIS SOUS VOS ORDRES, SEIGNEUR !!
SEUL UN PETIT NOMBRE DE VOYAGEURS, SEIGNEUR, A L'IMMENSE PRIVILÈGE DE POSSÉDER LE POUVOIR DU FEU...
FAUX!
IL Y EN A DÉSORMAIS UN QUATRIÈME !!
FRRSHH
IL Y A UN NOUVEAU CONTRÔLEUR DU FEU !?
OUI, ET IL A L'OUTRECUIDANCE DE SE BALADER DANS DREAMLAND SANS MON ACCORD !!

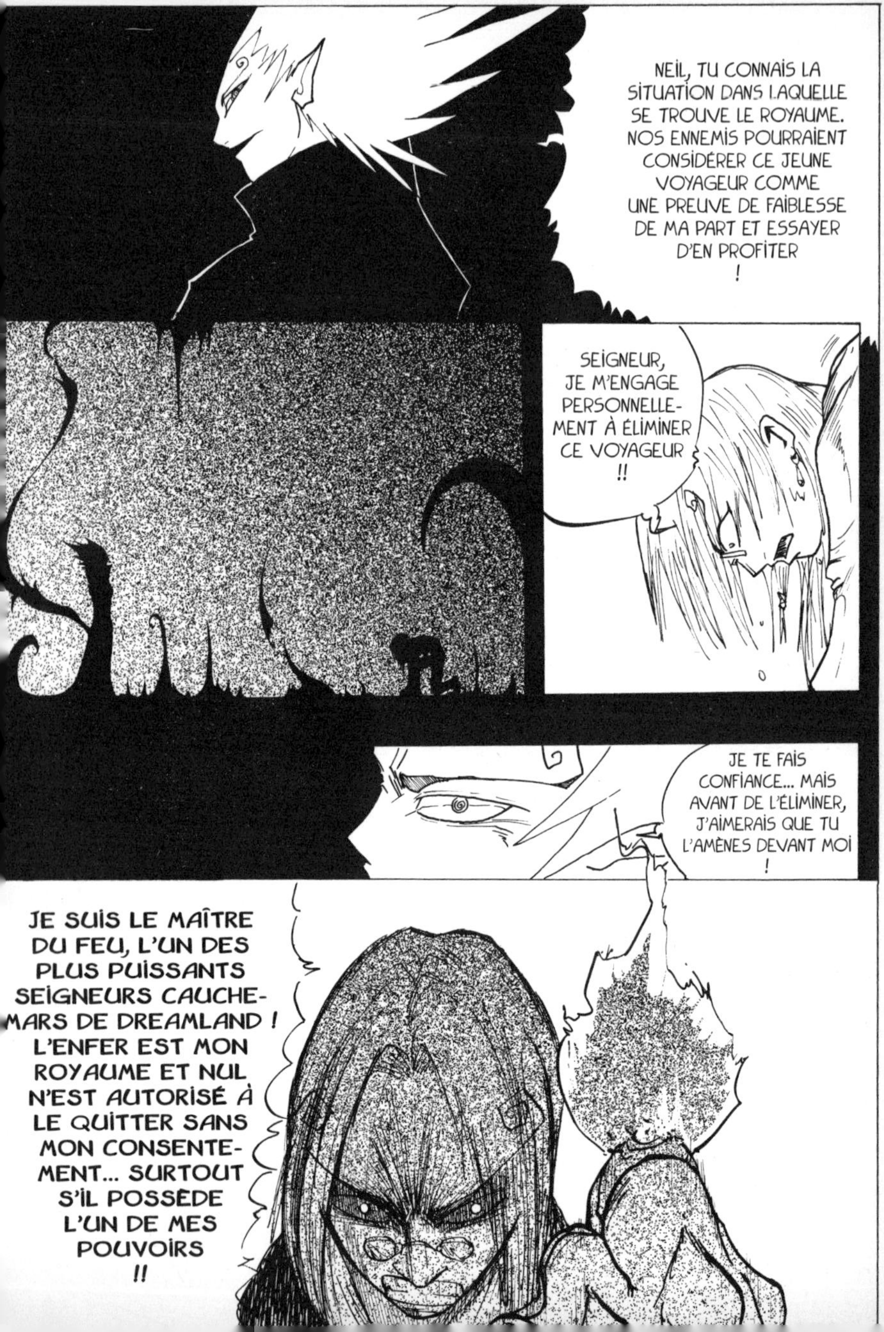
NEIL, TU CONNAIS LA SITUATION DANS LAQUELLE SE TROUVE LE ROYAUME. NOS ENNEMIS POURRAIENT CONSIDÉRER CE JEUNE VOYAGEUR COMME UNE PREUVE DE FAIBLESSE DE MA PART ET ESSAYER D'EN PROFITER !
SEIGNEUR, JE M'ENGAGE PERSONNELLE-MENT À ÉLIMINER CE VOYAGEUR !!
JE TE FAIS CONFIANCE... MAIS AVANT DE L'ÉLIMINER, J'AIMERAIS QUE TU L'AMÈNES DEVANT MOI !
JE SUIS LE MAÎTRE DU FEU, L'UN DES PLUS PUISSANTS SEIGNEURS CAUCHE-MARS DE DREAMLAND ! L'ENFER EST MON ROYAUME ET NUL N'EST AUTORISÉ À LE QUITTER SANS MON CONSENTE-MENT... SURTOUT S'IL POSSÈDE L'UN DE MES POUVOIRS !!

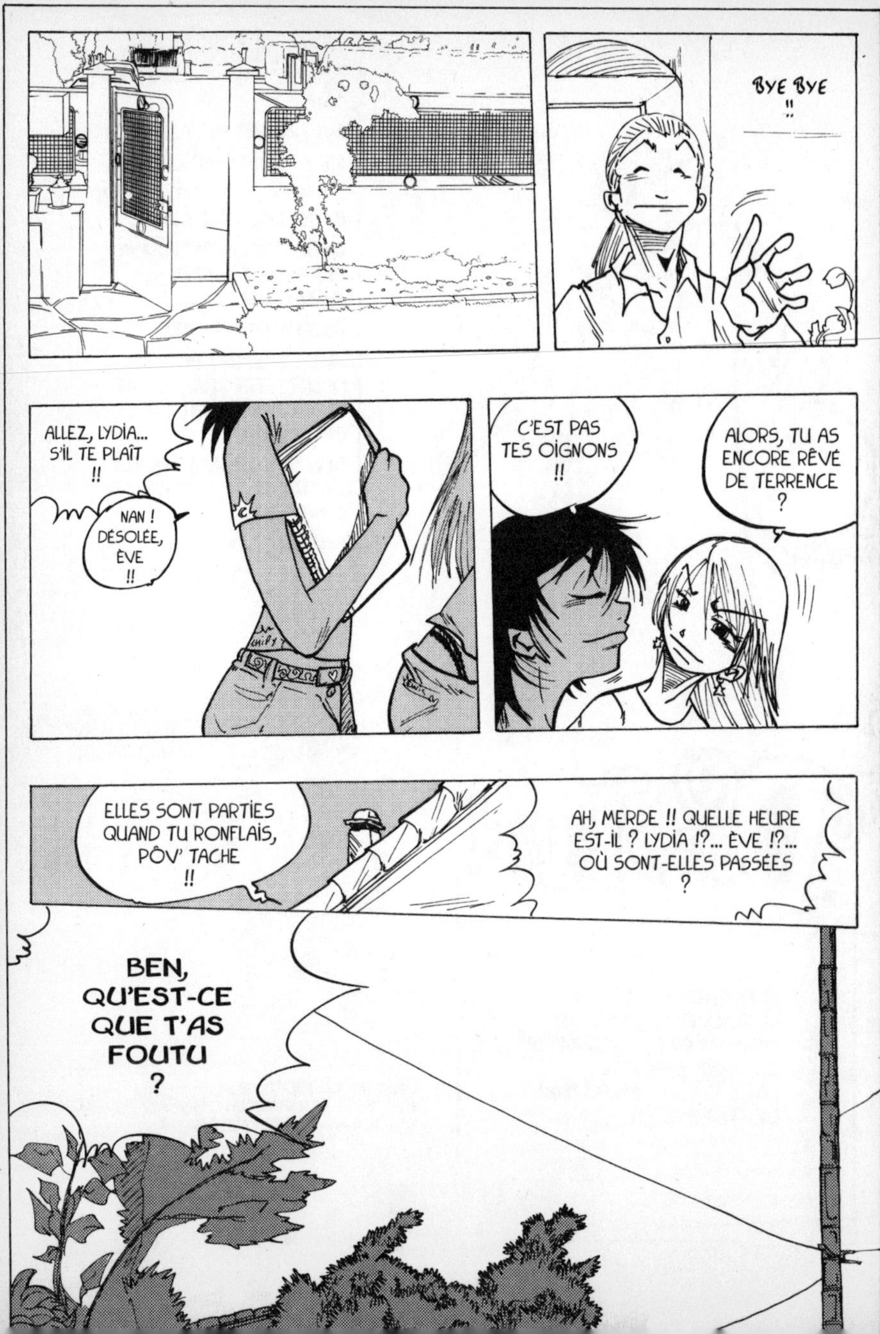
BYE BYE !!
ALLEZ, LYDIA... S'IL TE PLAÎT !!
NAN ! DÉSOLÉE, ÈVE !!
C'EST PAS TES OIGNONS !!
ALORS, TU AS ENCORE RÊVÉ DE TERRENCE ?
AH, MERDE !! QUELLE HEURE EST-IL ? LYDIA !?... ÈVE !?... OÙ SONT-ELLES PASSÉES ?
ELLES SONT PARTIES QUAND TU RONFLAIS, PÔV' TACHE !!
BEN, QU'EST-CE QUE T'AS FOUTU ?

SHUN

ÂGE : 18 ANS, NÉ LE 27/03/1987.

VILLE : MONTRÉAL (CANADA).

ACTIVITÉ : ÉTUDIANT À LA FAC DE SCIENCE. TRÈS ASSIDU.

DREAMLAND : CONTRÔLEUR DE LA GLACE « PURE », TALENTUEUX.

OBJET MAGIQUE : RIEN.

AIME : LE SPORT (HOCKEY), LE CINÉ, ÊTRE SEUL, FIER DE SERVIR SON SEIGNEUR À DREAMLAND.

DÉTESTE : LES ADULTES, LES FRITES DES FAST-FOODS, LES CHIHUAHUAS.

SURNOM : FAYOT.

DicoLand

CRYOPHOBIE : LA PEUR DE LA GLACE ET DU FROID, DES ENDROITS OÙ LA TEMPÉRATURE EST BASSE COMME LE FRIGIDAIRE, LE CONGÉLATEUR, LA PATINOIRE, ETC.

dream land

SONGE 3

PROTÉGER LES RÊVES DES GENS

RÊVEUSE : MARION (LA PETITE GRANDE SOEUR)
ROYAUME : ALCOHALL (CHAMP DE BIÈRE À NUAGE DE MARCO LE PINGOUIN)

117
PROPRIÉTÉ PRIVÉE
DÉFENSE DE STATIONNER
Vitesse limitée 20km/h
RIEN À FOUTRE ! JE DOIS ABSOLUMENT RÉCUPÉRER MON CARNET SECRET ! JE NE VEUX PAS QUE LYDIA LE LISE !!
PUTAIN, MAIS TU RÉALISES QU'ON VIOLE UNE PROPRIÉTÉ PRIVÉE, LÀ !?
ARRÊTE UN PEU DE ME SAOULER AVEC TES JÉRÉMIADES, BEN, ET AMÈNE-TOI !!
TERRENCE, ON FERAIT MIEUX DE SE TIRER, ON VA FINIR PAR SE FAIRE CHOPER !!
AU CAS OÙ TU L'AURAIS OUBLIÉ, JE TE RAPPELLE QUE TOUT CE QUI ARRIVE EST DE TA FAUTE... ALORS TU LA FERMES ET TU ME SUIS !!
OUAIS, JUSTEMENT, C'EST TON CARNET, ALORS JE NE VOIS PAS POURQUOI JE DEVRAIS T'AIDER À LE RÉCUPÉRER !
C'EST DONC À CAUSE DE TOI QUE LYDIA A PRIS LE CARNET QUI ÉTAIT POSÉ SUR MON BUREAU EN CROYANT QUE C'ÉTAIT LE DEVOIR DE GESTION...
C'EST TOI QUI T'ES ENDORMI APRÈS L'AVOIR RECOPIÉ ET QUI AS OUBLIÉ DE LE RAMENER DANS MA CHAMBRE...
C'EST TOI QUI ES VENU DANS MA CHAMBRE PENDANT QU'ON DORMAIT POUR PRENDRE NOTRE DEVOIR DE GESTION ET LE RECOPIER...
À MOI LA BONNE NOTE ! HÉ HÉ !!

NAN ! JE T'AI DIT QU'IL ÉTAIT HORS DE QUESTION QUE LYDIA LISE CE CARNET. ET MÊME SI ON EST OBLIGÉS DE FAIRE DES TRUCS LOUCHES POUR LE RETROU-VER, ON LES FERA !!
OUAIS, BON, ÇA VA, J'AI COMPRIS ! MAIS TU CROIS PAS QU'ON EN FAIT UN PEU TROP, LÀ !?
SI JAMAIS LE PATERNEL APPREND ÇA, ON EST MORTS !
GNNN !!
PUTAIN, ÇA CRAINT, TERRENCE ! ÇA CRAINT UN MAX !!
IL FAUT QU'ON ESCALADE CE MUR, FAIS-MOI LA COURTE ÉCHELLE !
Y A PERSONNE DANS LA RUE, ON PEUT Y ALLER !!
VVWOOVUAA !!!!
LA VACHE, T'ES PAS LÉGER, MON SALAUD !!
OUAIS, BON, SI TU NE ME FILES PAS UN COUP DE MAIN, JE NE VOIS PAS COM-MENT JE VAIS Y ARRIVER !!
CAUSE PAS ET GRIMPE !!
TERRENCE !? TERRENCE, ÇA VA ? T'ES PAS MORT ?!
NON, J'AI RIEN... MAIS ARRÊTE DE GUEULER COMME ÇA, MERDE !!

BON, ÇA Y EST, ON EST DANS LA PLACE !!
IL EST VACHEMENT GRAND, CE PARC !
TOC !
HÉ, T'AS ENTENDU CE BRUIT ?
OU... OUAIS !!
GLUU...
C'EST PEUT-ÊTRE UN GARDIEN ! SI ÇA SE TROUVE, IL Y A DES CAMÉRAS PARTOUT...
MERDE ! J'AVAIS PAS PENSÉ À ÇA !
GLUU...

PAS... PAS DE PANIQUE ! ON TROUVE LA CHAMBRE DE LYDIA, ON PREND LE CARNET ET ON SE TIRE...
SI ON S'EST PAS FAIT GAULER AVANT !
BON SANG, T'AS VU LA TAILLE DE LA BARAQUE !?
ÇA NE VA PAS ÊTRE ÉVIDENT DE TROUVER LA PIAULE DE LYDIA !!
POUR UNE FOIS, TU AS RAISON ! LE MIEUX, C'EST QU'ON SE SÉPARE !
MOI, JE VAIS À GAUCHE ET TOI, À DROITE !!
OÙ PEUT BIEN ÊTRE CETTE SATANÉE NICHE ?

Y ME GONFLE LE FRANGIN ! JE VAIS ME TIRER D'ICI VITE FAIT...
JE VAIS GRIMPER SUR CET ARBRE POUR ME REPÉRER. J'ESPÈRE QUE BEN FAIT PAS DE CONNERIES !
J'Y SUIS PRESQUE ...
QUITOU
DOUCEMENT...
GLUPS
BINGO !! J'AI TROUVÉ LA CHAMBRE DE LYDIA DU PREMIER COUP !!

LA VACHE ! QUELLE GAMELLE !!
HEIN, C'EST QUOI CE BOUCAN ?
CRAC !
WOOARR !
BON, MOI, JE ME TIRE !!
UN CHIEN ?!
ALORS, MON PAUVRE PETIT TOUTOU, ON EST ENCHAÎNÉ !?
WOOAARR WOOAAR !!
CRAC
MERDE, BEN A DÉCLENCHÉ L'ALARME !!
MERDE, UNE ALARME !!
INFRA ROUGE DE L'ALARME
C'EST QUOI, ÇA ?

C'EST PAS MOI ! J'TE JURE QUE C'EST PAS MOI !!
BEN !?
ON EST COMBIEN DANS CETTE PROPRIÉTÉ ?
MAIS C'EST QUOI CE BORDEL ?
HEIN ?
CASSE-TOI DE LÀ ! TU VOIS PAS QUE J'AI UN CLEBS AU CUL !?

PUTAIN, MAIS C'EST QUI, CE MEC ?
HUM !
WOUAAF ! WOUARRF !
FERME-LA, SALE CLEBS !!
TU PEUX ME DIRE CE QUE VOUS FAITES LÀ !? ON A BIEN FAILLI Y PASSER AVEC VOS CONNERIES ! AMATEURS, VA !!
T'ES GONFLÉ, TOI ! QUI C'EST QUI AVAIT LE CLÉBARD À SES TROUSSES, HEIN ?

PFFF, SALE RACAILLE !!
BOUFFON !!
ONOPRIX
CAISSE
'TAIN, C'EST LA HONTE ! PLUS JAMAIS J'OSERAI ALLER AU LYCÉE, MAINTENANT...
C'EST FOUTU, MAINTENANT ! LYDIA VA LIRE MON CARNET ET QUAND ELLE VERRA TOUT CE QUE J'AI ÉCRIT, ELLE VA ME PRENDRE POUR UN PSYCHOPATHE, C'EST SÛR !
J'AI VRAIMENT PAS DE...
LA VIE EST INJUSTE !
AU MOMENT OÙ ELLE COMMENÇAIT À M'APPRÉCIER, EN PLUS...

CHANCE...
HEIN !?
CETTE FILLE EST DANS UN FAUTEUIL ROULANT ET ELLE SOURIT, ALORS QUE MOI, JE SUIS LÀ À ME LAMENTER SUR MON SORT POUR... POUR DES CONNERIES !!

PUTAIN, TERRENCE ! T'ES VRAIMENT...
QU'UN PAUVRE MINABLE !!
ÇA NE DOIT PAS ÊTRE FACILE TOUS LES JOURS, POUR ELLE...
ON DOIT AVOIR À PEU PRÈS LE MÊME ÂGE...
ELLE EST MERVEILLEUSE !!
REGARDE CETTE FILLE COMME ELLE SOURIT À LA VIE...
C'EST DÉCIDÉ, JE VAIS ME MONTRER AUSSI FORT QU'ELLE... JE VAIS AFFRONTER LA VIE !!
OUAIS ! ÇA, C'EST POSITIF !!
ALLEZ, DEBOUT, TERRENCE !!
AFFRONTE LA VIE !
C'EST CE QUE ME DISAIT MAMAN, CHAQUE FOIS QUE JE PLEURAIS POUR RIEN !

DREAMLAND, ROYAUME DES PLAINES...
ET UN CONTRÔLEUR DU FEU, À CE QU'IL PARAÎT !
DONC, JE SUIS...
UN VOYAGEUR !?
HA! HA!
HÉ, MAIS CETTE FILLE... C'EST CELLE QUE J'AI VUE DANS LA RUE ! ELLE NE DOIT SÛREMENT PAS SE DOUTER QUE JE LA REGARDE RÊVER... SI J'AI UNE FORCE, SI J'AI UN POUVOIR DANS DREAMLAND, ALORS QU'ILS ME SERVENT À PROTÉGER SON RÊVE !

ELLE SEMBLE TELLEMENT HEUREUSE... C'EST ÇA, LA MAGIE DE DREAMLAND ! ICI, ON PEUT OUBLIER TOUS SES PROBLÈMES DE LA VRAIE VIE !!
ELLE COURT... ENFIN, ELLE RÊVE QU'ELLE COURT !
JE NE LAISSERAI PERSONNE TROUBLER...
SON RÊVE !
IL Y A SUFFISAMMENT DE RAISONS DE FAIRE DES CAUCHEMARS DANS LA VRAIE VIE, ALORS AU MOINS QU'ILS SOIENT SÛRS DE NE PAS EN FAIRE ICI !
LES RÊVES SONT TROP IMPORTANTS ! JE DOIS PROTÉGER LES RÊVES DES GENS !!

ALORS ÇA, PAS QUESTION !
HÉ, LE MIOCHE !? QUAND TU AURAS FINI DE PARLER TOUT SEUL, TU SERAS GENTIL DE ME LAISSER PASSER !!
DÉSOLÉ, MAIS LA FILLE, LÀ-BAS, EST SOUS MA PROTECTION ...
LE ROYAUME DES PLAINES EST VACHEMENT VASTE. ICI, JE POURRAI LE SEMER FACILE ! ALORS, BOUGE DE LÀ EN VITESSE !!
BON, ÉCOUTE ! J'VEUX JUSTE PASSER ! J'SUIS POURSUIVI ! TU COMPRENDS, ABRUTI !?
QUE SE PASSE-T-IL, ICI ?
HEIN !? MAIS JE M'EN FOUS DE CETTE GONZESSE, MOI ! JE VEUX JUSTE ME TAILLER !!
ALORS DÉGAGE LE PASSAGE, MINUS !!

AH, MUSTANG, TU TOMBES BIEN !
LE ROYAUME DES PLAINES EST UN ENDROIT CALME ET PAISIBLE ! UN VOYAGEUR ET UN CHAT CAUCHEMARS N'ONT RIEN À FAIRE ICI ! ALLEZ VOUS BATTRE AILLEURS !!
J'ESSAYE D'EXPLIQUER À CE CRÉTIN QUE JE CHERCHE PAS LES EMMERDES... JE VEUX SEULEMENT TRAVERSER VOTRE ROYAUME, C'EST TOUT !
POURQUOI NE LE LAISSES-TU PAS PASSER, TU AS UNE DENT CONTRE LES CHATS CAUCHEMARS ?
SI CE CHAT TRAVERSE, LA FILLE, LÀ-BAS, VA LE VOIR ET ÇA GÂCHERA SON RÊVE...
ALORS, TANT QU'ELLE NE SERA PAS RÉVEILLÉE, JE NE LAISSERAI PASSER PERSONNE !!
CROUNCH! CROUNCH!

C'EST CE QU'ON VA VOIR !
GRR...
KAAAP
BTBT !
ARRÊTE-TOI !
ARRÊTE-TOI, ENFOIRÉ !!

UN POUVOIR DE FEU !?

EST-CE QUE C'EST LUI ??

TIENS, IL Y A UNE LUMIÈRE, LÀ-BAS !
!!
IL A L'AIR SI CALME...
ON DIRAIT UN ANGE...
QUI EST CE GARÇON ?
ON DIRAIT QUE QUELQU'UN D'AUTRE S'EST EMPARÉ DE MA PROIE...

TIENS, TIENS...
L'AUTRE
BOUFFON
!!

EXTHA

ÂGE : 26 ANS.

VILLE : LILLE (FRANCE).

ACTIVITÉ : EMPLOYÉ DE BANQUE.

DREAMLAND : MAÎTRE DES POINTES, C'EST COMME ÇA QU'IL AIME S'APPELER, À LA RECHERCHE DE LA CLEF DES SONGES.

OBJET MAGIQUE : RIEN.

AIME : SE SENTIR SUPÉRIEUR.

DÉTESTE : SE SENTIR INFÉRIEUR.

SURNOM : PIERCING-MAN.

ANCIEN LOOK D'EXTHA D'AILLEURS

DicoLand

ACHMOPHOBIE : PEUR DES OBJETS POINTUS, PIQÛRES.

SINON, IL Y A AICHUROPHOBIE, LA PEUR DE TOUT CE QUI EST POINTU.

IL EXISTERAIT UN AUTRE VOYAGEUR AU POUVOIR SIMILAIRE, PLUS JEUNE PARAÎT-IL ET PLUS PUISSANT.

SONGE 4

SAVANE

RÊVEUR : **ROMAIN** (RATATA)

ROYAUME : **PLOUFPLOUF** (LA MER SUCRÉE)

MAIS JE LE RECONNAIS, LUI !
C'EST LE GARS QUI ÉTAIT L'AUTRE SOIR CHEZ LYDIA !?
QU'EST-CE QU'IL FOUT LÀ ? C'EST UN VOYAGEUR, LUI AUSSI ?
POURQUOI IL ME MATE COMME ÇA ?

CHHH
IL A UN PROBLÈME CE MEC, OU QUOI ?
Biii !
FLOP! FLOP!
ZIP!
QUOI ?
WOSSH
CRAP
C'EST TOI QUI L'AS CRAMÉ ?
BON...
ÇA ME GONFLE...

BOUD
OUAIS...
HEIN !?
SMILE
COMMENT ÇA, IL VOULAIT TE FAIRE LA PEAU ? JE CROYAIS QUE C'ÉTAIT TOI QUI EN AVAIS APRÈS LUI ?!
NON, JE N'AI PAS L'INTENTION DE BOUGER D'ICI !
MAIS...
MAIS T'AURAIS PAS DÛ INTERVENIR. CE TYPE VOULAIT ME FAIRE LA PEAU ET MAINTENANT JE VAIS AVOIR TOUS SES COPAINS SUR LE DOS ! ALORS TU FERAIS MIEUX DE NE PAS TRAÎNER DANS LE COIN !!
PAS MAL, POUR UN NOUVEAU...
HA HA ! C'EST PARCE QUE J'AIME BIEN PRENDRE LES DEVANTS. TU NE SAIS PAS QUE LA MEILLEURE DÉFENSE, C'EST L'ATTAQUE !?
JE TE RECONNAIS, TU ES LE JEUNE CAMBRIOLEUR DE L'AUTRE SOIR ! TU ES DONC AUSSI UN VOYAGEUR !? INTÉRESSANT !

DIS, TU M'ÉCOUTES !?
OUAIS, MAIS IL Y A ERREUR SUR LA PERSONNE, J'SUIS PAS UN CAMBRIOLEUR... JE LAISSE ÇA À LA RACAILLE DE TON ESPÈCE !!
QUOI ? TU ME TRAITES DE RACAILLE !?
OUAIP !!
DÉSOLÉ, P'TIT, MAIS C'EST TOI QUI FAIS ERREUR. JE M'APPELLE SAVANE, LE FAISEUR DE POISSONS !!

LE CHAT CAUCHEMARS QUE TU AS EXPLOSÉ FAISAIT PARTIE D'UN GANG QUI EN A APRÈS MOI... MAIS CE SERAIT TROP LONG À T'EXPLIQUER !
GALOP! GALOP!
SI J'AI UN CONSEIL À VOUS DONNER, À TOI ET À TA COPINE, C'EST DE VOUS TIRER D'ICI VITE FAIT PARCE QU'ILS NE VONT PAS TARDER À RAPPLIQUER...
HA! HA!
C'EST PAS MA COPINE !
JE NE LA CONNAIS MÊME PAS. JE SAIS SEULEMENT QUE DANS LA VIE RÉELLE, ELLE EST EN FAUTEUIL ROULANT ET QUE ÇA NE DOIT PAS ÊTRE FACILE TOUS LES JOURS POUR ELLE. JE SUIS JUSTE LÀ POUR VEILLER SUR ELLE...
ET M'ASSURER QUE SES RÊVES SONT AGRÉABLES !!

VOILÀ QUI EST TRÈS NOBLE...
WOM
MAIS UN PEU CON AUSSI !!
HÉ !!
ET TRÈS COURAGEUX...
NO
JE NE VOIS PAS CE QU'IL Y A DE CON À VOULOIR PROTÉGER LES RÊVES DES GENS !!
TU ME REGARDES DE HAUT, COMME SI J'ÉTAIS QU'UNE MERDE ET MAINTENANT TU M'INSULTES !!
TU COMMENCES À ME GONFLER !!
FRR...T
OUAIS, C'EST BIEN CE QUE JE DIS, T'ES COMPLÈTEMENT À CÔTE DE TES POMPES !!
HEIN ?
POUF!
PFFF
SERRE

ÎL FAUT ÊTRE UN PEU CON POUR RÎSQUER SA VÎE POUR UNE ÎNCONNUE. MAÎS BON, JE SUPPOSE QUE RÎEN NE TE FERA CHANGER D'AVÎS !
OUAÎS, T'AS TOUT COMPRÎS !
DANS CE CAS, MOÎ AUSSÎ, JE VAÎS JOUER AU CON !!
JE VAÎS T'AÎDER À PROTÉGER CETTE MEUF... ET NE ME DEMANDE SURTOUT PAS POURQUOÎ JE FAÎS ÇA...
POURQUOÎ TU FAÎS ÇA ?
DÎS-MOÎ, TU NE COMPRENDS PAS LE FRANÇAÎS OU C'EST PARCE QUE T'AÎMES BÎEN JOUER LES CASSE-COUÎLLES !?
C'EST MARRANT, MON FRÈRE ME DÎT SOUVENT LA MÊME CHOSE !!
EN TOUT CAS MERCÎ...
LAÎSSE TOMBER !

♡LOVE♡
TROP
JE TE L'AI DIT, C'EST APRÈS MOI QU'ILS EN ONT, PAS APRÈS VOUS !!
T'ES CHIANT !!
MAIS J'AIMERAIS QUAND MÊME COMPRENDRE ...
OUAIS, IL JOUE LES DURS, MAIS EN FAIT IL A UN BON FOND...
ET PUIS, LES MECS QUI ONT AUTANT DE CRAN QUE TOI, ÇA NE COURT PAS LES ROYAUMES !
ON DIRAIT COMME... UNE ODEUR DE BRÛLÉ ! ÇA SE RAPPROCHE...
BON, JE M'ENNUIE !! QUAND EST-CE QUE VOUS VOUS AMENEZ, LES CHATS CAUCHEMARS, QU'ON RIGOLE UN PEU !?
C'EST QUOI, ÇA ?

JE TE SENS !! TU N'ES PLUS TRÈS LOIN !!
IL NE M'AURA PAS FALLU LONGTEMPS POUR TE RETROUVER !
FINALEMENT, JE VAIS TE RÉGLER TON COMPTE PLUS TÔT QUE PRÉVU, JEUNE CONTRÔLEUR DU FEU !!

C'EST NORMAL, IL DOIT FAIRE JOUR, MAINTENANT... ELLE S'EST SÛREMENT RÉVEILLÉE !
HÉ ! ELLE A DISPARU !!
OUAIS, TU AS SANS DOUTE RAISON...
OUAIS, EN TOUT CAS, ELLE AURA PU RÊVER EN TOUTE TRANQUILLITÉ !!
S'IL FAIT JOUR, ON NE VA PAS TARDER À SE RÉVEILLER NOUS AUSSI !!
??
JE SUIS DÉÇU, IL N'Y A PAS EU DE BASTON, CETTE NUIT !
ILS ONT EU LES JETONS, OU QUOI...
JE SUPPOSE QUE C'EST UN COMPLIMENT !
COMME QUOI, ÇA A PARFOIS DU BON D'ÊTRE CON !!

FAUT QUE JE PRENNE DES FORCES, ET POUR ÇA, RIEN NE VAUT UN BON PETIT-DÉJEUNER !!
MIAM MIAM MIAM
BEN
'TAIN, J'AURAIS BIEN DORMI ENCORE UN PEU... EN PLUS, J'ATTAQUE DIRECT PAR DEUX HEURES DE PHILO ! JE CROIS QUE LA MATINÉE VA ÊTRE DURE !!
YO, BEN !! BIEN DORMI ?
FROT ! FROT !
T'ES BIEN MATINAL, TOI !? TU VAS QUAND MÊME ALLER AU LYCÉE APRÈS CE QU'IL S'EST PASSÉ AVEC LYDIA ?
HA HA !
TU DEVRAIS VOIR TA TÊTE... TROP MARRANT !!
LE + BÔ
PFFF, CE QUE JE PEUX DÉTESTER LA PHILO !! JE ME SUIS TAPÉ UN 4 AU BAC, L'ANNÉE DERNIÈRE ! EN PLUS, TOUTES LES MEUFS DE LA CLASSE CRAQUENT SUR M. CARRENCE !!
GIGOLO
PAS DE PANIQUE, TERRENCE !! IL FAUT QUE TU RELATIVISES LES CHOSES !!
QU'EST-CE QUE JE VAIS BIEN POUVOIR DIRE À LYDIA QUAND JE LA VERRAI... ELLE A DÛ LIRE MON CARNET, C'EST OBLIGÉ !!

SÛREMENT QUELQU'UN QUI DÉTIENT UN POUVOIR DE FEU ! BAH, ON S'EN FICHE ! DE TOUTE FAÇON, MELLOS ÉTAIT UN BOULET !!
HI HI
GRRRR
HI HI ! VOUS AVEZ VU, C'EST TOUT CE QU'IL RESTE DE MELLOS... JUSTE UN PETIT TAS DE CENDRES ! HI HI ! JE ME DEMANDE QUI A BIEN PU FAIRE ÇA !?
C'EST PAS PLUS MAL QU'IL SE SOIT FAIT CRAMER ! HI HI !
HEIN, JIMI !?

HO HO !!
TIENS, REGARDE QUI S'AMÈNE !
EH BIEN, SI JE M'ATTENDAIS À ÇA !
C'EST VRAIMENT TROP D'HONNEUR !! HI HI !
ATTENDONS DE SAVOIR CE QU'IL VEUT AVANT D'ENGAGER LE COMBAT !
JE COMPRENDS TOUT MAINTENANT, C'EST LUI QUI A CRAMÉ MELLOS !
C'EST SÛR QU'UN COMBAT CONTRE UN CONTRÔLEUR DU FEU, C'EST TOUJOURS UN PEU RISQUÉ...
DES CHATS CAUCHEMARS... J'ARRIVE TROP TARD !

8 H 25, BÂTIMENT A, LYCÉE MAS DE TESSE
OH NON ! VOILÀ LYDIA...
C'EST PAS VRAI !? POUR UNE FOIS QUE JE NE SUIS PAS EN RETARD, C'EST LE PROF QUI L'EST...
HA HA ! T'AS VRAIMENT PAS DE BOL, MON PAUVRE TERRENCE !
EST-CE QUE TU AS LU MON CARNET ? QU'EST-CE QUE JE SUIS SUPPOSÉ COMPRENDRE... FAIS-MOI UN SIGNE, MERDE !!
D'APRÈS LA RUMEUR, CE SERAIT LE GITAN QUI S'EST INSTALLÉ PAS LOIN QUI AURAIT FAIT LE COUP. T'AS DÉJÀ DÛ LE VOIR !?
C'EST UN MEC AVEC DES BOUCLES D'OREILLES ET UN PIERCING !
HA! HA!
AAH NON, J'VOIS PAS !! ET... HUM... EST-CE QU'ON EN SAIT PLUS ??
ZOM
HÉ ! AU FAIT, TERRENCE, T'AS ENTENDU ? IL PARAÎT QUE LYDIA A ÉTÉ CAMBRIOLÉE !

SAVANE !! ILS ONT DES SOUPÇONS SUR SAVANE SANS MÊME AVOIR UNE PREUVE...
TERRENCE, ÇA VA ?
EUH... C'EST RIEN, J'AI GLISSÉ !
IL DEVAIT AVOIR DES COMPLICES PARCE QU'EN TOUT, ILS ÉTAIENT TROIS ! BOF, DE TOUTE FAÇON, ILS N'IRONT PAS LOIN, IL Y AVAIT DES CAMÉRAS PARTOUT !!
BAM

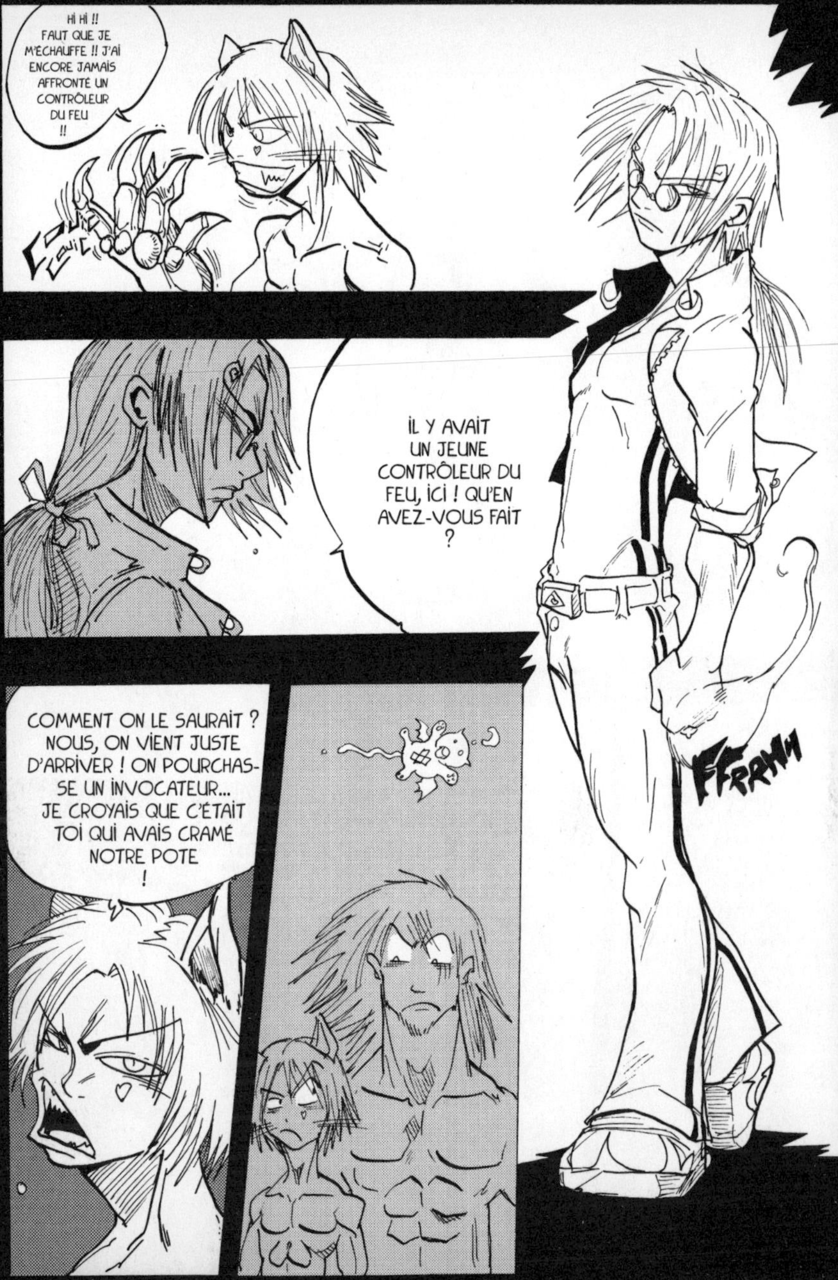
HI HI !! FAUT QUE JE M'ÉCHAUFFE !! J'AI ENCORE JAMAIS AFFRONTÉ UN CONTRÔLEUR DU FEU !!
COUIC COUIC
IL Y AVAIT UN JEUNE CONTRÔLEUR DU FEU, ICI ! QU'EN AVEZ-VOUS FAIT ?
FFRRHH
COMMENT ON LE SAURAIT ? NOUS, ON VIENT JUSTE D'ARRIVER ! ON POURCHASSE UN INVOCATEUR... JE CROYAIS QUE C'ÉTAIT TOI QUI AVAIS CRAMÉ NOTRE POTE !

J'ARRIVE TROP TARD, IL A DÛ SE RÉVEILLER ! JE N'AI PLUS RIEN À FAIRE ICI ! DÉSOLÉ LES MINOUS, ON JOUERA À LA BABALLE UNE AUTRE FOIS !!
JE COMPRENDS QUE TU SOIS DÉÇU, MAIS...
JE DIS QU'IL FAUT NOUS PRÉPARER À UN COMBAT DIFFICILE !!
SURTOUT S'IL EST RECHERCHÉ PAR LE PUISSANT SEIGNEUR DES ENFERS ! IL SERAIT DONC JUDICIEUX QUE NOUS CHANGIONS DE CIBLE !? QU'EN DIS-TU, JIMI ? HI HI !
IL SE TROUVE QUE NOUS POURCHASSONS DES VOYAGEURS POUR LE COMPTE DE NOTRE SEIGNEUR, LORD MAGOSS, AFIN QU'IL SE CONSTITUE UNE PUISSANTE ARMÉE...
UN JEUNE CONTRÔLEUR DU FEU EST BIEN PLUS INTÉRESSANT QU'UN INVOCATEUR...

FLAM
TU AS RAISON DE NE PAS ME SOUS-ESTIMER !
MÉFIE-TOI, FÉLIX, CE TYPE N'EST PAS À PRENDRE À LA LÉGÈRE !!
HI HI ! TU M'AS L'AIR BIEN SÛR DE TOI... TU TE CROIS SI PUISSANT QUE ÇA !?
AAAH, CES CONTRÔLEURS DU FEU, TOUS DES PRÉTENTIEUX !
NE T'EN FAIS PAS POUR MOI, JIMI...
MAIS IL FERAIT BIEN LUI AUSSI DE NE PAS NOUS SOUS-ESTIMER !

LAISSE-MOI M'EN OCCUPER, JIMI... SI TU T'EN MÊLES, ON N'AURA PAS LE TEMPS DE S'AMUSER !
TU PARLES TROP, MON MINET !!
HI HI ! ADMIRE UN PEU MA VITESSE !!
C'EST VRAI QU'IL EST RAPIDE !
SCAAARIFI-CATION !!
ET TOI, TU ES TROP SÛR DE TOI !! ADMIRE UN PEU LA PUIS-SANCE DE MA GRIFFE D'ARGENT !

HI HI ! TU ES BEAUCOUP TROP LENT !!
ZASH
IL A RAISON ! IL EST TROP RAPIDE POUR MOI, IMPOSSIBLE DE PLACER UNE ATTAQUE ! IL VA FALLOIR UTILISER LES GRANDS MOYENS !!
BOUCLIER D'ARISTOTE !!

L'ENFOIRÉ, IL M'A NIQUÉ LE BRAS !!
SCRAM
MERDE ! UN BOUCLIER DE FEU !!
CE GARS N'EST PAS UN MARIOLE, IL DISPOSE D'UNE SACRÉE PUISSANCE DE FEU !
EN VOILÀ DÉJÀ UN DE CALMÉ... À L'AUTRE, MAINTENANT ! HMM, IL M'A L'AIR FORT. JE VAIS DEVOIR METTRE LE PAQUET !!
FLASH !
GOÛTE-MOI ÇA, ENFOIRÉ !!

ÇA Y EST, LE PROF ARRIVE !

ALORS M. CARRENCE, VOUS AUSSI VOUS AVEZ EU UNE PANNE DE RÉVEIL !?
YO !
HOULÀ, IL A L'AIR DE MAUVAIS POIL, IL A DÛ PASSER UNE SALE NUIT !
J'AI INTÉRÊT À ME TENIR À CARREAU.
ZIM
MERDE, ENCORE UNE NUIT POUR RIEN ! JE N'AI TOUJOURS PAS RETROUVÉ LE NOUVEAU CONTRÔLEUR DU FEU ET EN PLUS...
SILENCE !! ASSEYEZ-VOUS !!
JE NE VEUX PLUS ENTENDRE UN MOT, COMPRIS !?
BAN-ZH!

MAINTENANT, J'AI LES CHATS CAUCHEMARS ET LORD MAGOSS SUR LE DOS !!
BROOM !!
LA VACHE, C'ÉTAIT UNE SACRÉE EXPLOSION !
JIMI, ÇA VA, T'ES PAS MORT !?
CE MEC EST BALÈZE, IL A RÉUSSI À CONTRER MON ATTAQUE !!
CRIIC !
KRRRII !
K-KK...
OUAIS, LES CONTRÔLEURS DU FEU SONT REDOUTABLES ! IL A RÉUSSI À NOUS TENIR TÊTE... POURTANT NOUS SOMMES LES DEUX MEILLEURS VOYAGEURS DE LORD MAGOSS !
RAISON DE PLUS POUR METTRE LA MAIN SUR LE TYPE QUI A GRILLÉ MELLOS !!

Savane

ÂGE : 19 ANS NÉ LE 15/10/1986.

VILLE : MONTPELLIER.

ACTIVITÉ : ZONARD, PETIT TRAVAIL AU BLACK ET PETITES MAGOUILLES.

DREAMLAND : LE SEUL ET UNIQUE FAISEUR DE POISSONS À DREAMLAND.

OBJET MAGIQUE : AUCUN.

AIME : LES CHOUQUETTES, LA BAGARRE, SE REGARDER, SE LA PÉTER, LE SPORT, LES DÉFIS, SES FRÈRES ET SŒURS ET LES PLATS CHINOIS.

DÉTESTE : L'ORDRE, LE MANQUE DE RESPECT, LES CHATS CAUCHEMARS, PERDRE ET LES OIGNONS.

SURNOM : BEAU GOSSE.

DicoLand

ICHTHYOPHOBIE : LA PEUR DES POISSONS ET DE TOUTES LES CRÉATURES MARINES, PEUR DE LEUR ODEUR.
MORT OU VIVANT, IMPOSSIBLE DE S'APPROCHER D'UNE SARDINE.

SAVANE PERDAIT TOUS SES MOYENS QUAND IL REGARDAIT L'AQUARIUM D'UNE DE SES CONQUÊTES.

LA SEULE RUE OÙ IL NE FAISAIT PAS LA LOI, ÉTAIT LA RUE OÙ SE TROUVAIT LA POISSONNERIE.

SONGE 5

DREAMLAND

RÊVEUR : SALIM (SOURIRE BOY)

ROYAUME : PAYS DES HOMMES FORTS

(VALLÉE DES STATUES RATÉES)

LE PAYS DES RÊVES AUX 1 000 ROYAUMES ! UN MONDE IRRÉEL ET FÉERIQUE, PEUPLÉ DE CRÉATURES ÉTRANGES... QUEL AVENTURIER N'A PAS UN JOUR RÊVÉ D'EXPLORER SES MOINDRES RECOINS...
DREAMLAND...

IL EST DIVISÉ EN TROIS ZONES BIEN DISTINCTES... LA 1RE EST LA ZONE DES DÉBUTANTS, C'EST LÀ QUE LES JEUNES VOYAGEURS FONT LEURS PREMIÈRES ARMES. UNE MULTITUDE DE PETITS ROYAUMES Y APPARAÎT ET DISPARAÎT AU GRÉ DES RÊVEURS DE PASSAGE.
POUR EN CONNAÎTRE TOUS SES FABULEUX SECRETS.

LA 2E, LA PLUS VASTE, EST APPELÉE ZONE PRINCIPALE. C'EST LÀ OÙ SE TROUVENT TOUS LES GRANDS ROYAUMES ET OÙ LES VOYAGEURS COMMENCENT LEUR QUÊTE. IL Y RÈGNE TOUJOURS UNE GRANDE ACTIVITÉ CAR C'EST ESSENTIELLEMENT UNE ZONE DE CONFLITS ET D'AVENTURES.

LA 3E ZONE EST CERTAINEMENT LA PLUS DANGEREUSE. C'EST LE DOMAINE DES GRANDS SEIGNEURS CAUCHEMARS QUI RÈGNENT EN MAÎTRES ABSOLUS SUR LEUR TERRIFIANT ROYAUME. RARES SONT CEUX QUI OSENT S'Y AVENTURER...
W.C

MAIS SELON CERTAINES LÉGENDES, IL EXISTERAIT UNE 4E ET PEUT-ÊTRE MÊME UNE 5E ZONE. C'EST CE QUI M'A POUSSÉ, IL Y A 80 ANS, À PARCOURIR CE MONDE COMPLEXE ET ENVOÛTANT...
UN JOUR, JE L'ESPÈRE, JE CONNAÎTRAI TOUS SES SECRETS. C'EST DANS CE BUT QUE J'AI DÉCIDÉ D'ÉTABLIR UNE CARTE DU MONDE DES RÊVES...

J'ARRIVE, FONTAINE, J'ARRIVE !! C'EST PAS LA PEINE DE BRAILLER COMME ÇA !
J'AI PAS ENVIE D'AVOIR ENCORE DES PROBLÈMES AVEC LES VOISINS !
GRAND FRÈRE !! GRAND FRÈRE !! ON Y VA, DIS, ON Y VA ?
HI HI
J'AI PAS ENVIE D'AFFRONTER CE MOLOSSE ENCORE UNE FOIS !
OK, MAIS TU FAIS GAFFE À PAS TE LE FAIRE PIQUER PAR LE CHIEN D'À CÔTÉ...
TU PRENDS TON NOUNOURS ?
VOUI, PROMIS, ZE LE TIENS BIEN !
BON !
VOUI !
IL AIME PAS RESTER TOUT SEUL À LA MAISON, IL S'ENNUIE !
VOUI, D'ACCORD !
ALORS, OÙ TU VEUX ALLER EN PREMIER ? AU MAGASIN DE JOUETS OU À LA BOUTIQUE DE MANGA ? FAUT AUSSI PENSER À ACHETER DU PAIN !

EUH... J'SAIS PAS ! J'ESPÈRE !!
ÇA CRAINT ! TU CROIS QU'ON EST DEDANS, LYDIA ?
T'AS ENTENDU CE QU'A DIT MUJOT !? SEULS 10 % DE LA CLASSE ONT LA MOYENNE !
PFFF, LA JOURNÉE EST ENFIN FINIE ! LE PROBLÈME, C'EST QUE DEMAIN, ÇA RECOMMENCE ET APRÈS-DEMAIN AUSSI... ET... ET... ÇA N'EN FINIRA JAMAIS ! JE HAIS LES COURS !
HEUREUSEMENT QU'ÈVE EST LÀ POUR FAIRE LA CONVERSATION.
ET ALORS, JE LUI AI DIT...
LOVE CITRON
PERSONNE NE M'ÉCOUTE ! JE PARLE DANS LE VIDE, COMME D'HAB' !
C'EST PAS COMME ÇA QUE ÇA VA S'ARRANGER AVEC LYDIA. C'EST VRAI QUE JE SUIS PLUS SOUVENT AVEC ELLE, MAIS DEPUIS QU'ELLE A LU MON CARNET SECRET, JE N'AI TOUJOURS PAS OSÉ LUI DIRE UN MOT !
TU LES CONNAIS CES GENS, GRAND FRÈRE ?
BEN, NON ! TU SAIS, J'AI RIEN À LUI REPROCHER !
DIS, C'EST PAS LE GITAN QUI HABITE PRÈS DE CHEZ TOI ? TU FLIPPES PAS LE SOIR QUAND TU RENTRES ?

HEY !
UN PEU...
MAIS QU'EST-CE QUE TU FOUS, TERRENCE ? ÇA VA PAS !?
QUOI ?
YO, SAVANE !?
C'EST BON, PAS LA PEINE DE T'EXCITER ! JE DIS JUSTE BONJOUR À UN AMI... JE VOUS REJOINDRAI PLUS TARD !
LOVE CITRON

ÇA, MA VIEILLE, C'EST CE QUI S'APPELLE SE FAIRE REMETTRE À SA PLACE !
QU'EST-CE QU'IL ME FAIT, LUI ? D'OÙ IL ME TRAITE D'EXCITÉE !?
QUOI ?
SALUT TERRENCE, JE TE PRÉSENTE FONTAINE, MA PETITE SŒUR, ET SON NOUNOURS...
DIS BONJOUR À TERRENCE, FONTAINE !
BONZOUR TERRENCE ! TU VIENS AVEC NOUS AU MAGASIN DE ZOUETS ?
SALUT !!
DÉSOLÉ, J'PEUX PAS, J'AI PLEIN DE DEVOIRS À FAIRE POUR L'ÉCOLE !
SAVANE, TU VENAIS PAS POUR PIQUER L'AUTRE SOIR. C'ÉTAIT POUR RÉCUPÉRER LE NOUNOURS DE TA SŒUR, HEIN !?
OUAIS, C'EST ÇA... FAIS STYLE QUE TU NE M'ENTENDS PAS !
OH, REGARDE LE PIGEON, FONTAINE !!
AH VOUI !
DIS DONC, MOUMOU, JE VAIS À LA CHASSE AUX CHATS, CE SOIR ! TU VIENS AVEC MOI ?
TING

NON, PAS CE SOIR ! JE VOUDRAIS ESSAYER DE RATTRAPER LE COUP AVEC LYDIA... DANS LA MESURE OÙ C'EST POSSIBLE !
ALORS POUR LA BASTON AVEC LES CHATS, ON REMET ÇA À UNE AUTRE FOIS, D'ACCORD !?
OK, COMME TU VEUX ! J'ESPÈRE QUE TES HISTOIRES DE CŒUR VONT S'ARRANGER !
SALUT TERRENCE !
T'EN FAIS PAS POUR MOI, ÇA VA S'ARRANGER ! ALLEZ, À UN DE CES QUATRE, SAVANE ! CIAO, FONTAINE !!
ÇA VA S'ARRAN-GER...
TU PARLES...
AU FAIT, POURQUOI IL M'A APPELÉ MOUMOU ?

CLACH!!

MAGNUM SLASH !!
SLASH!!

VRAIMENT TRÈS IMPRESSIONNANT ! IL N'Y A PAS DE DOUTE, TU ES DOUÉ ! TU MAÎTRISES DÉJÀ BIEN TON POUVOIR !!
JE VOUS CONNAIS, VOUS !? VOUS ÊTES CELUI QUI M'A AIDÉ LORS DE MA PREMIÈRE NUIT À DREAMLAND, NON !? JE ME DEMANDAIS JUSTEMENT OÙ VOUS ÉTIEZ PASSÉ !
JE PENSAIS VOUS REVOIR PLUS TÔT ! PARCE QUE SI VOUS M'AVEZ AIDÉ L'AUTRE FOIS, C'EST QUE VOUS AVEZ BESOIN DE MOI, NON !?
T'ES PAS BÊTE EN PLUS...

ROYAUME DES CHAMPIS NARCISSIQUES
CONTRÔLEUR DU FEU... PFFF !! TU PARLES D'UN POUVOIR !? JE NE SAIS MÊME PAS COMMENT IL MARCHE ! J'ARRIVE TOUT JUSTE À PRODUIRE UNE PETITE FLAMME DE BRIQUET... AUTANT DIRE QUE JE SUIS PLUTÔT MAL BARRÉ !
!!
GLISS
BON SANG ! CETTE NUIT EST AUSSI POURRIE QUE LA JOURNÉE ! J'AI MÊME PAS ÉTÉ FICHU DE REJOINDRE LYDIA DANS SON RÊVE...
ELLE A DÛ S'ENDORMIR APRÈS MOI...

AÏE !
JE COMPRENDS POURQUOI J'AI GLISSÉ... C'EST TOI QUI AS GELÉ LE ROCHER, HEIN !? ON DIRAIT QUE TU MAÎTRISES MIEUX TES POUVOIRS QUE MOI !
ZAP !!
SHUN ?!
SMILE
VOUS VOUS CONNAISSEZ...
TIENS, TIENS...
BON, IL EST TEMPS QUE JE VOUS EXPLIQUE POURQUOI JE VOUS AI SAUVÉS LE SOIR OÙ VOUS ÊTES DEVENUS DES VOYAGEURS...
ÉCOUTEZ BIEN, JE NE ME RÉPÈTERAI PAS...
CLING
GLUM

NON MAIS DIS DONC, TOI, QUI T'A AUTORISÉ À ME TUTOYER ? ON NE T'A JAMAIS APPRIS LA POLITESSE !?
BLUB
EUH, COOL, PAPY !
HÉ, MAIS TU ES LE VIEUX À LA PIPE DE L'AUTRE FOIS !? COMMENT TU VAS ?
ET JE T'INTERDIS DE M'APPELER PAPY !! D'AILLEURS JE TE PARIE QUE TU N'AURAS PAS AUTANT DE BICEPS QUE MOI QUAND TU AURAS MON ÂGE, PETIT MERDEUX !!
BOF, DE TOUTE FAÇON, J'SUIS PAS UN FAN DE LA MUSCU, ALORS...
HA HA !
BON, QU'EST-CE QUE JE DISAIS, MOI... AH OUI ! VOUS AVEZ EU UNE SEMAINE POUR VOUS FAMILIARISER AVEC VOS POUVOIRS ET AVEC DREAMLAND...
-LING !
MAINTENANT, JE PENSE QUE VOUS ÊTES PRÊTS, ALORS JE VAIS POUVOIR VOUS EXPLIQUER POURQUOI JE VOUS AI CHOISIS...

TOI, JEUNE TERRENCE, TU AS SURMONTÉ TA PEUR DU FEU ET VAINCU LE PUISSANT SEIGNEUR DES FLAMMES... TES POUVOIRS SONT TRÈS PROMETTEURS ET CELA FAIT DE TOI UN PRÉCIEUX ALLIÉ ! VOILÀ POURQUOI JE T'AI SAUVÉ !!
MOUAIS !!
QUANT À TOI, SHUN, NON SEULEMENT TU AS VAINCU TA PEUR DU FROID, MAIS TU AS AUSSI MONTRÉ QUE TU POSSÉDAIS UN POUVOIR EXTRAORDINAIRE. JE T'AI DONC CACHÉ AFIN QUE LE SEIGNEUR DES GLACES NE SOUPÇONNE PAS L'EXISTENCE D'UN CONTRÔLEUR DE LA GLACE AUSSI TALENTUEUX !
GLASS...
LE FEU ET LA GLACE, LES DEUX ÉLÉMENTS LES PLUS PUISSANTS DE DREAMLAND ENFIN RÉUNIS ! J'ATTENDS CE MOMENT DEPUIS TELLEMENT LONGTEMPS...
VOUS ÊTES LE BINÔME PARFAIT ! ENSEMBLE, JE SUIS SÛR QUE NOUS POURRONS FAIRE DE GRANDES CHOSES ! SURTOUT QU'AVEC LE TEMPS, VOS POUVOIRS VONT ENCORE GRANDIR !!
!!

VENEZ AVEC MOI ! PARCOURONS LE PAYS DES RÊVES ! SOYONS LES PREMIERS VOYAGEURS À DRESSER LA CARTE DE DREAMLAND ! AINSI NOS NOMS SERONT INSCRITS À JAMAIS DANS LES MÉMOIRES !!
FLOP! FLOP!
...
EUH... EXCUSEZ-MOI, JUSTE UNE QUESTION... EUH... EST-CE QU'ON PEUT REFUSER ?
?

NON !
C'EST EMBÊTANT, ÇA ! PARCE QUE, MOI, J'AI BIEN ENVIE DE REFUSER !
JE VIENS DE TE DIRE QUE CE N'ÉTAIT PAS POSSIBLE !!
OUI, J'AI BIEN COMPRIS, MAIS... EUH... JE CROIS QUE JE VAIS REFUSER QUAND MÊME !

NON, SÉRIEUX ! JE NE SAIS PAS POUR SHUN, MAIS MOI, LE TRIP GLOBE-TROTTER CARTOGRAPHE, ÇA ME FAIT KIFFER MOYEN...
IL PARLE QUELLE LANGUE, LÀ ?
JE VOIS !
TERRENCE A RAISON ! AU RISQUE DE VOUS DÉCEVOIR, JE PENSE QUE C'EST ENCORE UN PEU TÔT POUR NOUS ! DANS UN PREMIER TEMPS, J'AIMERAIS VOLER DE MES PROPRES AILES !
ZIP!!
BANDE DE PETITS INGRATS

LES SEIGNEURS CAUCHEMARS ET LES ROIS DES RÊVES SE LIVRENT UNE GUERRE SANS MERCI !
D'APRÈS VOUS, COMBIEN DE JEUNES VOYAGEURS PÉRISSENT CHAQUE SOIR DANS DREAMLAND ? VOUS VOULEZ VOUS DÉBROUILLER SEULS, MAIS CE MONDE N'A DE RÊVE QUE LE NOM...
VOUS IGNOREZ TOUT DE DREAMLAND ! VOUS N'AVEZ PAS LA MOINDRE IDÉE DE CE QUI VOUS ATTEND !!
CE QUE TU NOUS PROPOSES A L'AIR COOL, MAIS... HEU...
DÉSOLÉ DE TE CONTREDIRE ENCORE UNE FOIS, PAPY...
TIC !
J'AI TROUVÉ UNE MEILLEURE FAÇON D'UTILISER MON POUVOIR... JE VAIS PROTÉGER LES RÊVES DES GENS !!

MERDE, JE L'AVAIS MAL CERNÉ ! IL A PLUS DE CARACTÈRE QUE JE NE L'IMAGINAIS !
CONTENT QUE TU PENSES COMME MOI !
COMME ON DIT, DANS LA VIE, IL FAUT SAVOIR CHOISIR SON CAMP !
CE SONT DE BIEN BELLES PAROLES QUI MONTRENT UNE GRANDE NOBLESSE D'ESPRIT !
VOUS TENEZ DES PROPOS DE JEUNES UTOPISTES ! LA RÉALITÉ DE DREAMLAND VA VITE VOUS FAIRE DÉCHANTER !
MAIS SACHEZ QU'AUCUN VOYAGEUR NE DÉCIDE JAMAIS DE CE QU'IL VA FAIRE DE SES POUVOIRS !!
DREAMLAND VOUS DONNE L'ILLUSION D'ÊTRE LIBRE...
ZOMP

EH BIEN, JE SERAI LE PREMIER !!
MOUF
PEU IMPORTE QUI CONTRÔLE QUOI ! PEU IMPORTE LES RÈGLES ! RÊVER EST TROP IMPORTANT POUR LES GENS !!
UN JOUR, TU COMPRENDRAS QUE LES CHEMINS QUE TU EMPRUNTES SONT TRACÉS PAR DES PUISSANCES QUI TE DÉPASSENT !
LA JEUNESSE A SOIF D'IDÉAL, MAIS PRENDS GARDE AUX DÉSILLUSIONS !
JE VOULAIS JUSTE ÉVITER QUE VOTRE FOUGUE SOIT LA CAUSE DE VOTRE PERTE !
CROTTE

TIC
NE M'APPELLE PAS PAPY !
DÉSOLÉ DE TE FAIRE FAUX BOND, PAPY, MAIS IL FAUDRA QUE TU TROUVES D'AUTRES GARDES DU CORPS !
C'EST PEUT-ÊTRE ÉGOÏSTE DE NOTRE PART ET C'EST PEUT-ÊTRE AUSSI UNE ERREUR... MAIS NOUS VOULONS APPRENDRE PAR NOUS-MÊMES ET TRACER NOTRE PROPRE CHEMIN !!
YEP !!
SI ÇA VOUS FAIT PLAISIR DE CROIRE QUE VOUS ÊTES LIBRES ET QUE VOUS POUVEZ CHANGER CE MONDE...
QU'EST-CE QUE VOUS VOULEZ QUE JE VOUS DISE ?! JE NE PEUX PAS VOUS FORCER !! C'EST UN MONUMENTAL GÂCHIS, VOILÀ TOUT... 2 CONTRÔLEURS TELS QUE VOUS, C'EST SI RARE... ENFIN...
ALLEZ, SANS RANCUNE !?
FUM !
ZIP

UN JOUR VIENDRA...
OÙ VOUS DEVREZ FAIRE VOTRE CHOIX !
ME VOILÀ À NOUVEAU SEUL, MON BON VIEUX MAÎTRE... J'AI ÉCHOUÉ... QUEL GÂCHIS !!
IL SEMBLERAIT QUE L'HISTOIRE SE RÉPÈTE... HÉLAS !
UN JOUR, CES DEUX GAMINS PRENDRONT DES CHEMINS DIFFÉRENTS, C'EST LEUR DESTINÉE ! LEURS POUVOIRS SONT TROP OPPOSÉS !
TAP

WOSH !!
LE PIC DES SENS... L'ENTRÉE DU ROYAUME DU VENT !
WAM !!
HI HI ! VOILÀ DONC LE FAMEUX FAISEUR DE POISSONS !?
CHUT !
A PEUR !

J'AI LES MOUSTACHES QUI FRÉMISSENT À L'IDÉE DE TE LACÉRER AVEC MA GRIFFE D'ARGENT ! HI HI !
PAUVRE MINABLE !
TU SENS LA DÉFAITE À PLEIN NEZ !!
JE VAIS TE MONTRER LA PUISSANCE DE MON POUVOIR !!
FUT

Félix

ÂGE : 21 ANS.

VILLE : PARIS.

ACTIVITÉ : PIANISTE TRÈS CÉLÈBRE.

DREAMLAND : VOYAGEUR À LA SOLDE DE LORD MAGOSS, ANCIEN POSSESSEUR DE LA GRIFFE D'ARGENT.

OBJET MAGIQUE : POUVOIR DES FÉLINS DEPUIS QUE LORD MAGOSS L'A GRIFFÉ.

AIME : POUSSER LES GENS À BOUT, LES COUPS BAS, LE PIANO, ET LA STAR AC'.

DÉTESTE : SAVANE, RECEVOIR DES ORDRES ET POPSTAR.

SURNOM : MOUSTACHE.

DicoLand

METALLOPHOBIE : PEUR DES MÉTAUX, DU FER, ET DE TOUT CE QUI EST SOLIDE ET DUR.

EN TANT QUE PIANISTE, FÉLIX AVAIT PEUR DE TOUS LES OUTILS CAPABLES DE LUI BLESSER SES MAINS.

VOYAGEUR À LA GRIFFE D'ARGENT

UNE FOIS GRIFFÉ, IL A EN PLUS LES APTITUDES D'UN FÉLIN.

dream land

SONGE 6

UNE NOUVELLE PAGE BLANCHE

RÊVEUSE : **FLO** (MISS LOLITA)

ROYAUME : **COCOLINT** (CONTRÉE DES GÉANTS)

M'ÉTONNERAIT QU'IL PUISSE FRANCHIR CE FOSSÉ !
LE PIC DES SENS... L'AFFRONTEMENT ENTRE SAVANE ET FÉLIX EST-IL INÉVITABLE ?
SACHE QUE NOUS AVONS TROUVÉ UN VOYAGEUR BIEN PLUS INTÉRESSANT QUE TOI POUR LORD MAGOSS...
BON, ÇA NE ME PLAÎT PAS DES MASSES, MAIS IMPOSSIBLE D'ÉVITER LE COMBAT !!
PAR CONTRE, MOI, JE LE PEUX ! CE QUI ME DONNE L'AVANTAGE... SEULEMENT, C'EST TROP RISQUÉ DE L'ATTAQUER DE FRONT !!
T'ES SOURD OU QUOI !?
JE T'AI DIT QUE J'ALLAIS ME SERVIR DE MON POUVOIR !!
HI HI !! TU AS QUAND MÊME UNE SACRÉE VEINE, SI ÇA N'AVAIT TENU QU'À MOI, JE T'AURAIS DÉCOUPÉ EN MORCEAUX !!

BLUB
TU NE VEUX PAS ATTAQUER !? ALORS J'ARRIVE !!
...
HEIN ?!
PAR LE PACTE QUI NOUS LIE, JE T'INVOQUE !!
VIENS À MOI, KANINE !!
HÉ! HÉ!

T'ES TROP SYMPA, SAVANE !
ÇA TOMBE BIEN, TON 4 H T'ATTEND JUSTE EN FACE !
SALUT, SAVANE ! BORDEL, J'AI UNE DE CES DALLES !!
LA DALLE
LA DALLE
LA DALLE
MÉFIANCE, JE SUIS SÛR QU'IL MIJOTE QUELQUE CHOSE...
BON APPÉTIT !
!!
VIENS LÀ, MON P'TIT MINOU !!
LA DALLE
SON INVOCATION ME FONCE DESSUS !!

PAR LE PACTE QUI NOUS LIE, JE T'INVOQUE !! VIENS À MOI...
FOX !!
FTT !!
FTT !
J'AI FAIM !!
T'ES TROP LENT, LE POISCAILLE !!
LAN-GUE RÂ-PEUSE
HA HA ! TU T'ATTENDAIS PAS À ÇA, HEIN !?

CE N'ÉTAIT QU'UN MINABLE, MAIS ÇA EN FAIT TOUJOURS UN DE MOINS !
ON DIT CHAT DE GOUTTIÈRES, FOX !
MOI, J'AI JAMAIS PU BLAIRER CES CHATS D'ÉGOUTS !
OUAIS, BEN EN ATTENDANT, J'AI TOUJOURS LA DALLE, MOI !!
AAAAAH !
JE SUIS SAVANE, LE FAISEUR DE POISSONS !!

LA VALLÉE DES MONTAGNES RIVALES
Fum!
ENCORE VOUS !?
QU'EST-CE QUE VOUS VOULEZ, ENCORE ? VOUS ESPÉREZ ME CONVAINCRE DE VOUS SUIVRE !?
NON, PAS CETTE FOIS, SHUN !

TAP !!
FUM !!
J'AI BIEN COMPRIS QUE NI TERRENCE NI TOI NE VOULAIENT ME SUIVRE. JE SUIS PEUT-ÊTRE OBSTINÉ, MAIS PAS STUPIDE...
!??
J'AIMERAIS JUSTE QUE TU REMETTES CECI AU CONTRÔLEUR DU FEU !!
SWITT !!
UNE BOÎTE...
D'ALLUMETTES !?
À TERRENCE ?! MAIS IL S'EST DÉJÀ RÉVEILLÉ...
FAUT DIRE QUE DANS LE MONDE RÉEL, ON N'A PAS VRAIMENT LES MÊMES HORAIRES, LUI ET MOI !
ZIM
SANS IMPORTANCE, VOS DESTINS SONT LIÉS ! TU LUI DONNERAS LA PROCHAINE FOIS QUE TU LE VERRAS !
FUIT !!

SACHE QUE CONTRAIREMENT À TOI QUI PEUX, PAR LA SIMPLE FORCE DE TA VOLONTÉ, TRANSFORMER EN GLACE CE QUE BON TE SEMBLE, UN CONTRÔLEUR DU FEU NE PEUT PAS CRÉER DE FEU PAR LUI-MÊME, À MOINS QU'IL NE SOIT TRÈS DOUÉ. SINON, IL A BESOIN D'UN DÉTONATEUR !!
OUI, MAIS C'EST UNE BOÎTE D'ALLUMETTES UN PEU SPÉCIALE, CAR ELLE POSSÈDE DES POUVOIRS ! IL EXISTE TRÈS PEU D'OBJETS DE CE GENRE À DREAMLAND...
BEN...
MERCI POUR LUI !!
CETTE BOÎTE LUI SERA TRÈS UTILE POUR SAUVER LES RÊVES DES GENS... PUISQUE C'EST LA VOIE QU'IL A CHOISIE !!
IL EST ENCORE UN PEU TÔT POUR ME REMERCIER...
FUM
TON AMI A CHOISI UN CHEMIN BIEN PLUS DANGEREUX QUE LE TIEN ! LE FEU EST TRAÎTRE ET SON SEIGNEUR EST LE PLUS FOURBE DE TOUS LES SEIGNEURS CAUCHEMARS...
HAPPY

OH, UNE DERNIÈRE CHOSE QUI A SON IMPORTANCE... IL N'Y A QUE CENT ALLUMETTES DANS LA BOÎTE. ALORS QU'IL FASSE ATTENTION À NE PAS LES GASPILLER !
ENFIN, IL NE POURRA PAS DIRE QUE JE NE L'AI PAS PRÉVENU !!
IL NE DOIT LES UTILISER QU'EN DERNIER RECOURS. ELLES SONT TRÈS DANGEREUSES...
QU'IL FASSE AUSSI ATTENTION AUX DIX ALLUMETTES NOIRES !
J'ESPÈRE SEULEMENT QUE NOUS NOUS REVERRONS... MAIS IL N'Y A RIEN DE MOINS SÛR !!
JE PENSE QUE VOUS COMMETTEZ UNE GROSSE ERREUR EN REFUSANT MA PROPOSITION... ENFIN, JE NE PEUX ALLER À L'ENCONTRE DE VOTRE VOLONTÉ...
ENFIN BON, FAUT PAS QUE J'OUBLIE DE FAIRE LA COMMISSION À TERRENCE AU SUJET DES ALLUMETTES... ÇA M'A L'AIR VACHEMENT IMPORTANT !
Y COMMENCE À RADOTER, LE VIEUX...

MONTPELLIER, PLACE DE LA COMÉDIE
LES 3 GRÂCES
C'ÉTAIT CE MATIN QUE MUJOT RENDAIT LES DEVOIRS...
J'AI PAS OSÉ ALLER AU LYCÉE AFFRONTER LE REGARD DE LYDIA !!
ALORS, ARRÊTE DE ME PRENDRE LA TÊTE AVEC DES GAMINERIES !!
CAFÉ
GASP !!
TERRENCE ?
OUI !?
T'AS QUEL ÂGE ?
18, POURQUOI !?
ÉCOUTE, CETTE FILLE, ELLE CONNAÎT TES SENTIMENTS, NON !? ALORS POURQUOI ELLE TE LAISSE TE MORFONDRE COMME ÇA, HEIN ?
MOI, JE TROUVE ÇA DÉGUEULASSE ! ET QUE TU AIMES UNE FILLE COMME ÇA... JE TROUVE ÇA PATHÉTIQUE, MEC !!
LYDIA COMPTE TELLEMENT POUR MOI !!
OUAIS, JE COMPRENDS CE QUE TU VEUX DIRE, MAIS C'EST PAS SI SIMPLE...

MERDE, TERRENCE ! C'EST QUAND MÊME PAS LES GONZESSES QUI MANQUENT ! REGARDE AUTOUR DE TOI, C'EST PLEIN DE CHOUQUETTES !!
ELLE A TOUJOURS ÉTÉ AU CENTRE DE MA VIE...
SI JE N'AVAIS PAS ÉTÉ AMOUREUX DE LYDIA, JAMAIS NOUS NE NOUS SERIONS RENCONTRÉS À DREAMLAND, TOI ET MOI !
MONTPELLIER EST UN VIVIER À CHOUQUETTES ! MÊME UN AVEUGLE POURRAIT TE LE DIRE !!
MOUAIS... P'TÊTRE BIEN...
BOING !!
MATE-MOI UN PEU CELLE-LÀ ! T'AS VU LES NIBARDS !? TERRIBLE !!
MOUAIS...
ET CELLE-LÀ, AVEC SON CUL REBONDI !! TROP BOOOONNE, MEC !!
MERDE, TERRENCE ...
ELLE A TON CARNET ? TANT MIEUX ! MAINTENANT, TU PEUX T'EN FAIRE UN NOUVEAU !!
TOURNE LA PAGE, MON POTE !!

TOURNER LA PAGE !?
TIRER UN TRAIT SUR LYDIA !?
OUAIS ! ZAPPE-LA !!
TU PENSES VRAIMENT QUE...
T'ES SÛR ?
OUAIS, CROIS-MOI, C'EST CE QUE TU AS DE MIEUX À FAIRE !!
BEAU CUL !
TRÈS JOLIE CHUTE DE REINS
TU RÉALISES CE QUE TU VIENS DE DIRE, LÀ ?
QUOI ? QU'EST-CE QU'IL Y A ?
TU AS PEUT-ÊTRE RAISON, SEULEMENT CETTE FILLE EST LE CENTRE DE MA VIE...
ELLE ÉTAIT !!
FAUT QUE TU COMMENCES À T'HABITUER À PARLER D'ELLE AU PASSÉ !
ÇA NE VA PAS ÊTRE FACILE, SURTOUT QUE JE SUIS ENCORE PLUS AMOUREUX D'ELLE DEPUIS QUE JE SUIS UN VOYAGEUR !
AH BON !?
OUI, JE T'ASSURE ! DEPUIS QUE JE L'AI RENCONTRÉE À DREAMLAND JE NE ME SUIS JAMAIS SENTI AUSSI PROCHE D'ELLE !!
TU NE T'ES JAMAIS SENTI AUSSI PROCHE DE LA NANA QUE TU AIMES QU'EN RÊVE !!!

...
MERDE !
COMME TU DIS...
...
OH PUTAIN ! MATE-MOI UN PEU CE CANON !!
BON, FAUT QUE J'TE LAISSE, JE DOIS INTERCEPTER L'APPEL DU BAHUT !!
OUAIS, ET PAS QU'UN PEU !
OK ! EN TOUT CAS, J'ESPÈRE QUE NOTRE PETITE CONVERSATION T'AURA AIDÉ !

SAVANE
A RAISON...
JE DEVRAIS
TOURNER
LA PAGE
!
OUAIS
!!

LYDIA !!
AVEC MON CARNET !!

NE ME FAIS PAS LANGUIR ! PARLE-MOI !!
LYDIA... MAINTENANT QUE TU AS LU MON CARNET ...
TU CONNAIS MES SENTIMENTS, ALORS...
TU N'ES PAS VENU EN COURS CE MATIN !?
JE ME DOUTAIS QUE JE TE TROUVERAIS ICI ! ON A EU 13 À NOTRE EXPOSÉ...

ALLEZ, DIS-MOI QUELQUE CHOSE !!
TIENS, C'EST À TOI. JE L'AI CONFONDU AVEC LE DOSSIER DE L'EXPOSÉ !
À DEMAIN !

LYDIA...
RETOURNE-TOI...
JE T'EN PRIE...
LYDIA...

ALORS ÇA Y EST ? C'EST FINI !?
OH NON, JE VAIS QUAND MÊME PAS CHIALER...
JE NE SAIS MÊME PAS SI CE SONT DES LARMES DE TRISTESSE OU DE SOULAGEMENT...

LES DEUX, CERTAINEMENT...
C'EST ENCORE CE QUE J'AI DE MIEUX À FAIRE !
IL EST TEMPS DE TOURNER LA PAGE...
COURAGE, TERRENCE ! TU DOIS TIRER UN TRAIT SUR LYDIA !
J'ai lu ton carnet. J'ai été touchée par toutes les belles choses que tu as écrites sur moi.
J'aimerais beaucoup qu'on en parle tous les deux. Appelle-moi dès que tu auras lu ce mot.
Lydia

LA PLAINE DES CHEVALIERS DANS LE ROYAUME DE FANTASIAN.
GABS
YO

HÉ, DU CALME ! CE N'EST QUE MOI, SHUN !!
SALUT SHUN ! TU M'EXCUSES, MAIS LÀ, JE SUIS PRESSÉ !!
PAS MAL, MAIS SI ON N'ÉTAIT PAS POURSUIVIS PAR CE TRUC MONS-TRUEUX...
ÇA IRAIT ENCORE MIEUX, MAIS BON...
JE VIENS DU ROYAUM SOUTERRAIN !! UN CONSEIL, N'Y VA PAS, C'EST HYPER CRAIGNOS COMME ENDROIT !!
À PART ÇA,
QUOI DE NEUF ? ÇA VA, TOI ?

POURQUOI TU NE LE GÈLES PAS ? J'EN AI MARRE DE COURIR ET JE N'ARRIVE PAS À ME SERVIR DE MON POUVOIR !!
AH TIENS, MAINTENANT QUE TU M'Y FAIS PENSER, J'AI UN TRUC POUR TOI !!
UNE BOÎTE D'ALLUMETTES !?
C'EST QUOI CE DÉLIRE ?
J'SAIS PAS...
C'EST LE VIEUX À LA CROIX QUI ME L'A FILÉE POUR TOI !
MAIS IL PARAÎT QU'IL VAUT MIEUX ÉVITER DE SE SERVIR DES NOIRES !
JE CROIS QUE C'EST POUR TE PERMETTRE DE MIEUX CONTRÔLER TON POUVOIR !
?!
!!

C'EST QUOI, ÇA ?
J'EN SAIS RIEN !!
GAAH!!

ÇA VA, SHUN ? T'ES PAS MORT ?!
NON, MAIS C'EST LA DEUXIÈME FOIS CETTE NUIT...
QUE JE SORS LA TÊTE D'UN TROU !
LA VACHE, C'QU'IL FAIT CHAUD, ICI !!
EH BEN, C'EST UN SACRÉ POUVOIR QUE TU AS LÀ...
OUAIS !
ELLES SONT TERRIBLES, CES ALLUMETTES !

bibi

PORTE ???

TOUJOURS AUX CÔTÉS DE SAVANE, BIBI NE SEMBLE PAS AVOIR BESOIN D'ÊTRE INVOQUÉE. AMOUREUSE DE SAVANE, ON IGNORE QUEL EST SON POUVOIR ET SI ELLE EN A UN.

fox

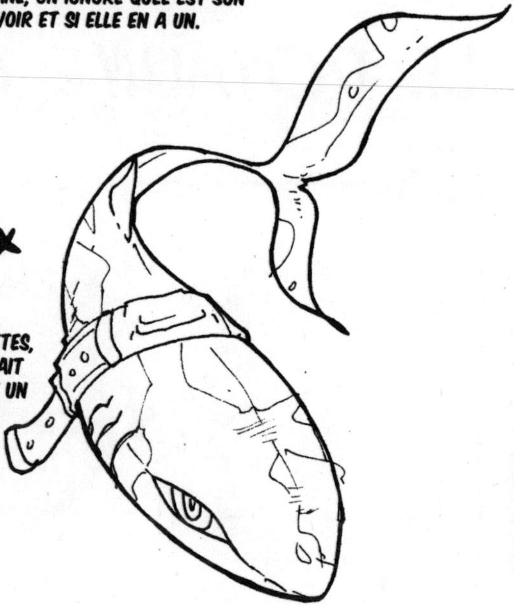

PORTE 15

DE LA FAMILLE DES REQUINS, PLUS PRÉCISÉMENT DES ROUSSETTES, SA FORME AÉRODYNAMIQUE EN FAIT UN POISSON DE VITESSE. FOX EST UN VÉRITABLE SKATE POUR SAVANE.

kanine

PORTE 13

PIRANHA MAL ÉLEVÉ ET TÊTU, KANINE EST UN POISSON D'ATTAQUE, IL FONCE SANS RÉFLÉCHIR ET DÉVORE TOUT SUR SON PASSAGE. TRÈS BRUYANT, IL SERT PLUS À FAIRE DIVERSION POUR SAVANE.

SONGE 7

LE ROYAUME OBSCUR

RÊVEUR : BRUCE (LUDO 34 ANS)
ROYAUME : GRAVITY OF LOVE (PIC DE MINUIT)

DANS LA BELLE VILLE DE MONTPELLIER...
AAAH, C'EST TROP COOL ! PAS DE BOULOT POUR DEMAIN, JE VAIS POUVOIR PASSER UNE FIN DE JOURNÉE TRANQUILLE !
KEBA
FINALEMENT, SAVANE AVAIT RAISON...
JE MANGERAIS BIEN...
HAPPY
EN PLUS, J'AI EU 13 EN COMPTA À L'EXPOSÉ... C'EST LE PATERNEL QUI VA ÊTRE CONTENT !
CRONCH! CRONCH!
TAP!
DEPUIS QUE JE SUIS AU LYCÉE, C'EST LA PREMIÈRE FOIS QUE J'AI LA MOYENNE EN GESTION ! HÉ HÉ ! ET BEN QUI N'A EU QUE 9, IL DOIT ÊTRE DEG !!
ÇA M'ENLÈVE UN POIDS DE NE PLUS PENSER À LYDIA ! JE ME SENS MOINS STRESSÉ !

IL COMMENCE À FAIRE NUIT !
RUE DES LENTISQUES
GLUPS

IL A L'AIR EFFRAYÉ...
APEUR !!
UN SDF !?
J'AI L'AIR FIN AVEC LA BOUCHE PLEINE...
BON, QU'EST-CE QUE JE FAIS ?
VIDE ?!
KÉBAB !
EUH... SOIS SYMPA, P'TIT... JE NE FAIS RIEN DE MAL !
JE CHERCHE JUSTE UN ENDROIT... POUR PASSER LA NUIT...
PETIT... HMM !?

MOI, ÇA NE ME DÉRANGE PAS ! SEULEMENT, C'EST UN ENDROIT TRÈS CALME, ICI... IL N'Y A QUASIMENT QUE DES VIEUX QUI Y HABITENT...
ET ILS FLIPPENT POUR UN RIEN. S'ILS VOUS DÉCOUVRENT, ILS APPELLERONT LES FLICS ! ÇA, C'EST CERTAIN !
ALORS UN CONSEIL, CACHEZ-VOUS BIEN ET NE FAITES PAS DE BRUIT !
JE VOUS PROMETS QUE JE NE VENDRAI PAS LA MÈCHE, VOUS POUVEZ DORMIR TRANQUILLE !!
LES GENS ONT PEUR DE TOUT...
SURTOUT DE CE QU'ILS NE CONNAISSENT PAS !
MERCI, P'TIT ! TU M'AS L'AIR COOL, TOI ! TU VEUX UNE GORGÉE ?
HA HA ! NON, MERCI ! IL SE FAIT TARD, JE DOIS RENTRER ! BONNE NUIT !!
POURQUOI CE SONT SOUVENT LES GENS LES PLUS DÉMUNIS QUI SONT LES PLUS ACCUEILLANTS ET LES PLUS GENTILS ? J'EN CONNAIS PLUS D'UN DANS LE QUARTIER QUI DEVRAIT PRENDRE EXEMPLE...

PFF, J'AVAIS L'AIR MALIN AVEC MON KEBAB...
JE LUI EN AURAIS BIEN FILÉ UN BOUT, MAIS IL N'AURAIT PEUT-ÊTRE PAS APPRÉCIÉ QUE JE LUI FASSE LA CHARITÉ...
PAR CONTRE...
JE PEUX L'AIDER À FAIRE...
DE BEAUX RÊVES !!

IL SUFFIT DE PENSER À LA PERSONNE AVANT DE S'ENDORMIR...
POUR LA REJOINDRE DANS DREAMLAND !!
JE CONNAIS UN SDF QUI VA FAIRE DE BEAUX RÊVES !
EUH...
JE SUIS À DREAMLAND, LÀ ?
J'Y VOIS QUE DALLE...
YO ?!

BON... JE SUIS OÙ, LÀ ?
FFRRR!!
EN TOUT CAS, JE PEUX DIRE MERCI AU VIEUX À LA CROIX ET À SES ALLUMETTES...
C'EST BIZARRE COMME ENDROIT... IL FAIT VACHEMENT NOIR !
À L'AIDE, JE SUIS POURSUIVI !! AIDEZ-MOI !!
HÉ, C'EST MON SDF !?
DE LA LUMIÈRE !! DE LA LUMIÈRE !!

IL NE M'A PAS RECONNU !
FFRR...
AIDEZ-MOI ! J'AI... J'AI PEUR DU NOIR !! LÀ-BAS, IL Y A UNE CRÉATURE... ELLE ME POURSUIT !!
JE CROIS QU'ON EST ENCERCLÉS !
J'AI... J'AI PEUR DU NOIR !!
FFUUU...
JE LE SENS PAS, CET ENDROIT... IL Y FAIT PLUS NOIR QUE DANS UN FOUR !
KIIII !!!
CAR C'EST DE MON ROYAUME DONT TU PARLES !!
TU NE LE SENS PAS, TU DIS !? C'EST EMBÊTANT, ÇA...

ON ME REDOUTE CAR JE SUIS LE SEIGNEUR DE TOUTES LES PEURS ET DE TOUS LES... CAUCHEMARS !!
TU ES AU ROYAUME DES TÉNÈBRES, LE PLUS GRAND ET LE PLUS PUISSANT DES ROYAUMES CAUCHEMARS !
HÉ!HÉ!
QUI... QUI PARLE ?
AAAAH !
TROP TARD...
MERDE ! LE SDF !!
AAAAH ! AU SECOURS ! AIDEZ-MOI !!
LES CRÉATURES DE MON ROYAUME CRAIGNENT LA LUMIÈRE, JEUNE VOYAGEUR...
MALHEUREUSEMENT, QUAND ON S'ÉCARTE DE LA LUMIÈRE, ON SE RETROUVE DANS LES TÉNÈBRES !!

QUI ÊTES-VOUS ? MONTREZ-VOUS !!
NOUS SOMMES LES CRÉATURES LES PLUS PUISSANTES DE DREAMLAND !!
INUTILE D'AGITER CETTE FLAMME, JE VIENS À TOI ! KHIIIII !!
...GUUU

AMBITION
JE SUIS LÀ
!!

IL... IL SE MONTRE EN PLEINE LUMIÈRE !?
HA HA ! NE SOIS PAS ÉTONNÉ, JE SAIS QUE JE T'AI DIT QUE LES CRÉATURES DE L'OBSCURITÉ CRAIGNAIENT LA LUMIÈRE...
JE NE T'AI PAS MENTI... SEULEMENT LEUR CHEF, LUI, NE LA CRAINT PAS !!
MERDE !! DANS QUOI JE ME SUIS ENCORE FOURRÉ ?
MERDE, MERDE ET MERDE ! C'EST VRAIMENT PAS LE MOMENT !!
OUF !! HEUREU-SEMENT QUE J'AI CES ALLU-METTES !!
HAA !!

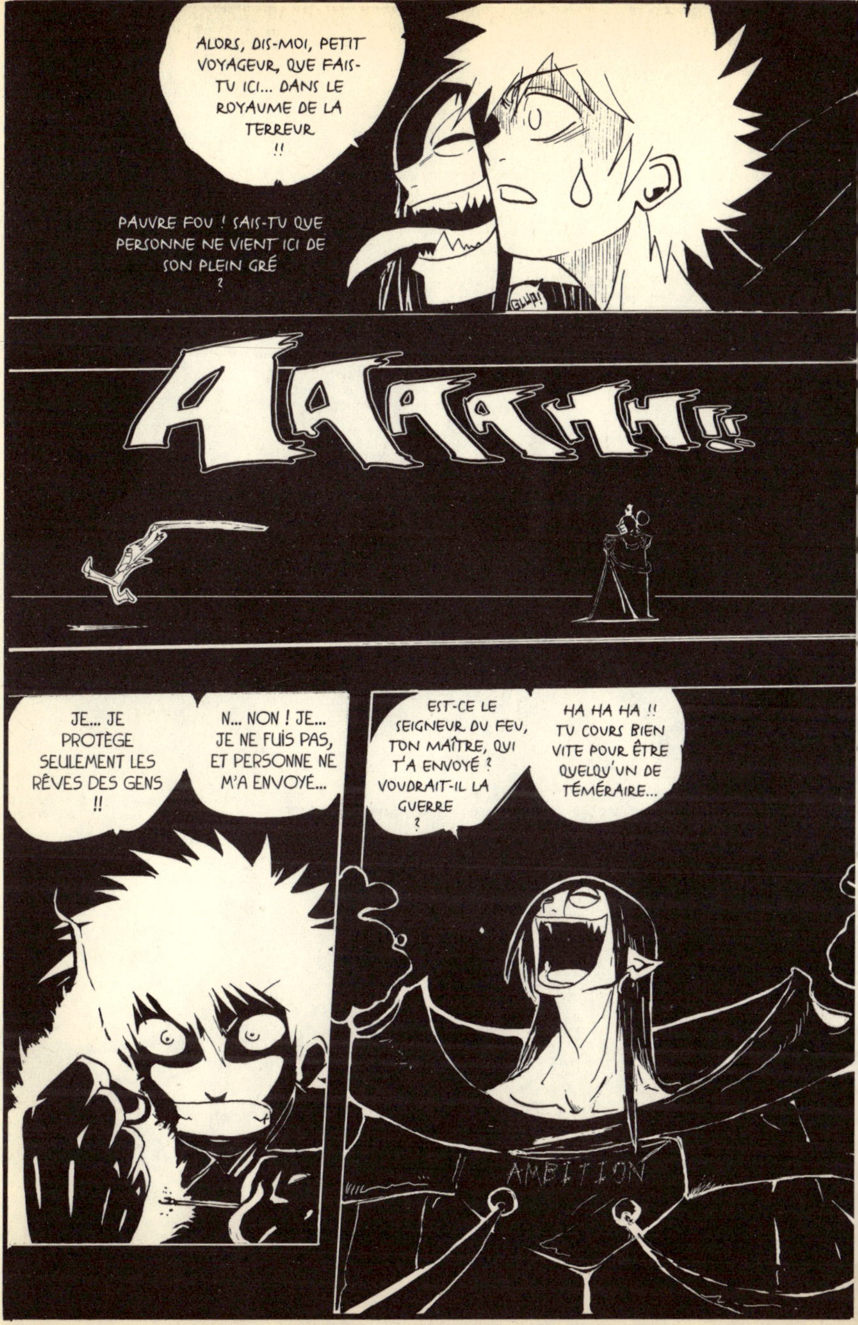
ALORS, DIS-MOI, PETIT VOYAGEUR, QUE FAIS-TU ICI... DANS LE ROYAUME DE LA TERREUR !!
PAUVRE FOU ! SAIS-TU QUE PERSONNE NE VIENT ICI DE SON PLEIN GRÉ ?
GLUP!
AAAAHH !!
HA HA HA !! TU COURS BIEN VITE POUR ÊTRE QUELQU'UN DE TÉMÉRAIRE...
EST-CE LE SEIGNEUR DU FEU, TON MAÎTRE, QUI T'A ENVOYÉ ? VOUDRAIT-IL LA GUERRE ?
N... NON ! JE... JE NE FUIS PAS, ET PERSONNE NE M'A ENVOYÉ...
JE... JE PROTÈGE SEULEMENT LES RÊVES DES GENS !!
AMBITION

MAINTENANT QUE LE RÊVEUR QUE TU PROTÈGES EST ENTRE NOS MAINS ?
MAIS QUE VAS-TU FAIRE...
HA !!
VOILÀ UNE BIEN NOBLE MISSION !
MOU... MOURIR ?! ICI, À DREAMLAND ?! C'EST POSSIBLE ?
TU N'ES NI TÉMÉRAIRE, NI COURAGEUX... TU ES SIMPLEMENT STUPIDE !!
QU'AS-TU À GAGNER À VENIR MOURIR ICI... CE SOIR... JEUNE VOYAGEUR ?
ÇA... ÇA CRAINT !!
HA HA ! JE VOIS QUE TU ES NOUVEAU, HEIN !?
UN VOYAGEUR QUI MEURT À DREAMLAND REDEVIENT UN RÊVEUR NORMAL, SANS IDENTITÉ ET SANS POUVOIR...

ON DIRAIT QUE TU N'AS PAS L'INTENTION DE TE LAISSER FAIRE...
TOUT VA S'EFFACER ! BIENTÔT TU NE TE SOUVIENDRAS MÊME PLUS D'AVOIR ÉTÉ UN VOYAGEUR...
JE DOIS RÉAGIR ! IL FAUT QUE J'ARRÊTE DE L'ÉCOUTER... SINON JE VAIS Y PASSER...
MBITION
ÇA FAIT BEAUCOUP D'ALLUMETTES, MAIS JE N'AI PAS LE CHOIX ! C'EST PAS LE MOMENT DE LÉSINER SUR LES MOYENS !!

IL FAUT QUE JE SAUVE MA PEAU AVANT TOUT !!

TU TE DÉFENDS... TU VEUX SAUVER TON IDENTITÉ !? C'EST BIEN PETIT VOYAGEUR ! BATS-TOI !!
TU ÉCLAIRES LA PIÈCE D'UN TOURBILLON DE FLAMMES ?! PAS MAL !
KHIIIII !! TRÈS ASTUCIEUX !!
WHISH

HEIN !?
C'EST ÇA, LE ROYAUME DES TÉNÈBRES ?!
HA HA ! NON, PAS EXACTE-MENT ! HA HA !!
TU ES DEVANT L'ENTRÉE DE MON TEMPLE... LE TEMPLE DE LA 10E HEURE !!

À MON TOUR, MAIN-TENANT...
IL ME PRÉPARE UN COUP FOIREUX, C'EST SÛR !
ZAM

ZOM
MES FLAMMES... IL... IL A ÉTEINT MES FLAMMES !!
BAF!!
OH NON, JE SUIS DE NOUVEAU DANS LE NOIR !!

L'ENFOIRÉ !! IL PROFITE DE L'OBSCURITÉ POUR ME FRAPPER...
MERDE ! J'SUIS MAL, LÀ !!
CE ROYAUME EST EFFROYABLE...
JE VAIS Y RESTER, C'EST SÛR !
IL TE FAUDRAIT PLUS DE PUISSANCE POUR ME VAINCRE, PETIT !!
PLUS DE PUISSANCE, HEIN !? POUR ÇA, LES ALLUMETTES NOIRES DEVRAIENT FAIRE L'AFFAIRE... IL M'EN RESTE ENCORE NEUF !!
ÇA NE SERT À RIEN DE LES ÉCONOMISER SI C'EST POUR ÊTRE VAINCU ICI !!
JE VAIS EN ALLUMER TROIS D'UN COUP, ÇA DEVRAIT SUFFIRE !!

IMPRESSIONNANT
!!

KAAAA
BELLE FLAMME !! MAIS JE CRAINS QUE TU NE TE SOIS FATI-GUÉ POUR RIEN !!

VOIS COMME LES TÉNÈBRES L'EMPORTENT SUR TON ÉPHÉMÈRE LUMIÈRE !!
REGARDE TES ESPOIRS DE SURVIVRE PARTIR EN FUMÉE...
REGARDE, PETIT CONTRÔLEUR DU FEU ! REGARDE CE QUE JE FAIS DE TA FLAMME...
PFFF... IL A RAISON ! À QUOI BON RÉSISTER...
KHIIII
ÇA M'APPRENDRA ! DOMMAGE... C'ÉTAIT COOL D'ÊTRE UN VOYAGEUR !
JE N'Y VOIS PLUS RIEN !!

IL PEUT ÊTRE N'IMPORTE OÙ...
C'EST FINI, PETIT ! TU AS PERDU LA PARTIE !!
AMBITION
ET MERDE !!
À SUIVRE DANS LE VOLUME 2

DREAMLAND, vol. 1
par Reno Lemaire

Adaptation :
Jean-Michel Bourquardez
Lettrage : Gérard Nicolas

ISBN : 2-84599-558-X
Dépôt légal : janvier 2006
Imprimé en Espagne par Futurgrafic
Diffusion : Hachette Livre

L'interview de Reno, l'auteur de DreamLand

Afin de compléter ce volume et de mieux connaître son auteur, nous vous proposons l'interview qu'il a accordée à *Shônen Collection* il y a quelques mois...

Salut Reno, est-ce que tu peux te présenter aux lecteurs ?
Yooo !! Je m'appelle Renaud Lemaire, j'ai eu 26 ans en octobre yéééééé !! Je suis montpelliérain.

Quand as-tu commencé à dessiner ?
Depuis toujours en fait... Je sais que j'ai vraiment décidé de faire de la BD et de raconter mes histoires à l'âge de 7 ans.

Certains lecteurs nous écrivent en soutenant qu'un manga ne peut pas être dessiné par un auteur non japonais, qu'en penses-tu ?
C'est une réaction normale. Pour ma part, je pense que ce n'est pas une question de nationalité ou d'origine, mais plus une question de qualité du travail. Le public attend une qualité égale si ce n'est supérieure à un Japonais ; quand celle-ci sera présente, les lecteurs ne feront plus la différence.

Est-ce que pour toi, il est important que tes lecteurs te considèrent comme un mangaka au même titre qu'un auteur japonais ?
Oui c'est important pour moi, mais en même temps, c'est ce que je te disais plus haut, le jour où le public me considérera comme un mangaka, c'est que j'aurai bien fait mon boulot. C'est donc ma motivation, mais me considérer aujourd'hui comme un mangaka, c'est un peu prématuré, l'avenir et le public nous le diront.

Comment en es-tu venu à dessiner du manga ?
Étrangement, je suis venu au manga assez tard, à l'âge de 16 ans. J'ai aimé la dynamique et surtout le graphisme qui, à l'époque, tranchait radicalement avec ce que je lisais...

Est-ce que tu te souviens du premier manga que tu as lu ?
Oui carrément, c'était le *Dragon Ball 35* en jap que mon cousin lisait. Avant même de connaître l'histoire, le trait et les perso, et surtout le format, ce qui m'a attiré, c'était qu'il y avait plein de pages, plein de cases... c'était le bonheur !

Comment s'est passé ton premier contact avec Pika Édition ?
Mon premier contact s'est fait grâce à *Shônen,* tout simplement : le format et l'épaisseur du bouquin ont de suite attiré mon regard, la couv m'a accroché, il y avait *Fuli Culi*, j'ai feuilleté et j'ai trouvé le concept original en France et surtout similaire au système japonais. En tant que dessinateur, tout s'est enchaîné très vite, j'ai envoyé des dessins par mail avec une trame de mon projet, Pierre Valls m'a répondu et m'a donné rendez-vous pour établir un dialogue et parler plus précisément de *DreamLand*. Il m'a expliqué comment il voyait les choses, je lui ai donné mon point de vue, et de là, tout est allé très vite. Notre premier rendez-vous date de mai 2004, et voilà, le premier volume de DreamLand sort et on est en janvier 2006.

Tu fais le scénario et les dessins de *DreamLand*. Peux-tu en quelques mots nous raconter la trame de ta série ?
DreamLand, c'est une dualité entre deux univers : d'un côté le monde des rêves, imaginaire, loufoque et tout ce que tu veux de taré, et d'un autre côté, c'est notre monde, le monde réel, avec tout ce qui peut nous toucher dans la vie. On suit donc la vie du petit groupe de Terrence, le héros, dans ces deux univers.

Comment t'est venue cette idée de faire d'une peur réelle, une force dans un monde imaginaire ?
Baaah, j'y ai pas trop réfléchi en fait. Je suis parti sur le message simple, de faire de sa peur une force, tout simplement, qu'il suffit de faire face à ses peurs pour parfois se simplifier la vie.

Où puises-tu ton inspiration pour créer les mondes imaginaires de *DreamLand* ?
Alors en fait, c'est la partie la plus facile de mon travail : il suffit de regarder autour de nous, de déformer un minimum, d'écouter les gens, de mettre un peu de son vécu, et hop tu sors un royaume bien loufoque.

La plupart des mangaka travaillent avec des assistants, et toi ?
Moi, on va dire que j'ai de la chance, mes amis et mon entourage sont des dessinateurs, donc quand j'ai un coup de speed, ils sont là pour moi. On marche comme un studio : parce que c'est moi qui suis en avant en ce moment, ils m'aident, mais dans l'avenir, quand ils auront leur projet, je serai là aussi, donc ce sont plus que des assistants.

Deux cents pages en moins d'un an, est-ce que ce n'est pas trop dur à réaliser ?

Oui et non, tout dépendra du rythme à soutenir pour les prochains volumes, pour ce volume, c'est gérable seul.

Combien de pages arrives-tu à faire en un mois ?
Cela varie, mais en moyenne c'est une trentaine de pages.

Quelle est la principale difficulté que tu rencontres dans la création de ta série ?
Le logo, c'est vraiment la galère ! Sinon, c'est le recul sur mon travail, mais ça, c'est le problème de tous les dessinateurs je pense...

***DreamLand* est ta première série et depuis plusieurs mois tu passes tout ton temps à dessiner, comment ressens-tu ce changement de vie ?**
Heu... le changement ? On va dire qu'avant, je dessinais toute la journée, donc franchement, aucun changement si ce n'est un tout petit peu plus de sérieux.

Quelles sont tes principales influences en manga ?
Alors en fait, ça change selon l'humeur, mais on va dire que les éternels restent *One Piece* bien sûr, et les designs des jeux Capcom.

Dans certaines de tes planches, on sent aussi une influence des comics américains, quelles sont tes auteurs préférés ?
Je ne lis pas énormément de comics, mais j'aime beaucoup le travail de Ramos, l'auteur de *Crimson*, et de certains *Spider-man*. Mais là encore, il y a un découpage et un style bien manga.

Est-ce que certains auteurs franco-belges t'ont aussi inspiré ?
Ah oui, si tu regardes les oreilles de mes persos, ce sont celles du petit Spirou ; je

dessinais franco-belge jusqu'à l'âge de 16 ans, j'ai donc gardé des bases.

Pour toi, quelles sont les principales différences entre la BD franco-belge et le manga ?
C'est avant tout une différence de format, ce qui engendre une différence de découpage. Si tu veux faire une case dans une page tu peux ; en narration, il faut séquencer en chapitre et donc adapter son récit. En plus, le rythme de parution du manga est 200 pages en 3 mois. Enfin, le noir et blanc et les trames remplacent la couleur.

L'action de *DreamLand* pourrait se situer dans n'importe quelle ville du monde, pourquoi avoir fait ce choix ?
En fait, la ville de DreamLand, c'est Montpellier. Tout simplement parce que j'aime ma ville et c'est celle que je connais le mieux. Je peux donc exploiter à fond le côté réaliste de DreamLand.

Peux-tu nous expliquer comment tu travailles, depuis la création du scénario jusqu'à la réalisation d'une page ?
J'imagine une scène souvent en rapport avec l'humeur et les sentiments du moment, je la visualise, l'adapte avec mes persos, je story-board vite fait plusieurs possibilités de page, je teste les angles de vue que je peux gérer ou non. Une fois le story-board calé, j'attaque le crayonné en A4, j'encre à la table lumineuse avec mes plumes chéries, je scanne et trame sur ordi, voilà !

Au moment de la parution du premier chapitre de *DreamLand* dans *Shônen Collection* (numéro 7 en 2005), ça t'a fait quel effet ?

Ben imagine ! À 7 ans, tu t'es fixé un but, et à 25 ans, tu commences à l'atteindre. C'est que du bonheur, donc c'est la fête dans ma tête !

Est-ce que tu as déjà prévu le nombre de volumes total que comportera ta série ?
Non pas vraiment... Je sais que 10, ça fait juste, et je sais que c'est pas 60 non plus.

Quel est ton personnage préféré dans *DreamLand* ?
Ça dépend vraiment de l'humeur... On va dire que dans chacun de mes persos, il y a un peu de moi. Quand c'est l'été, l'attitude de Savane me plaît bien, sinon à dessiner, c'est Sacha, un perso qui viendra un peu plus tard.

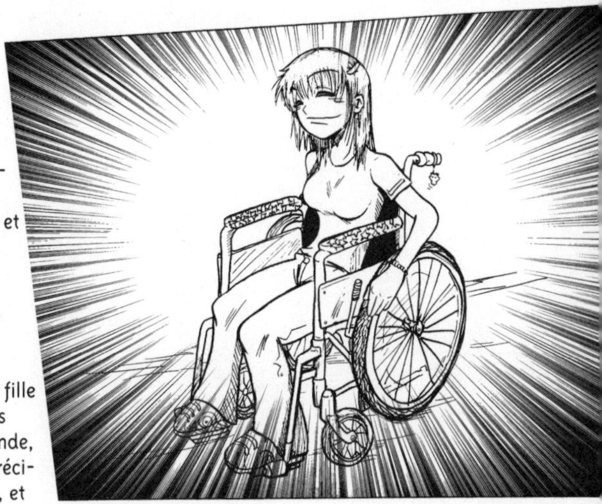

Tes manga préférés ?
Sans hésiter, en première position, *One Piece*. Sinon, l'*Habitant de l'infini* sublime, *Dorohedoro* une ambiance de fou, *Fuli Culi*, les deux volumes excellents et beaucoup d'autres.

À part le dessin, est-ce que tu as d'autres passions ?
Oui, les choukettes (jolie fille en montpelliérain !) mais sinon comme tout le monde, le sport, le volley plus précisément, le vélo, la playa, et déconner à longueur de temps, les jeux vidéos aussi.

Est-ce que tu sais ce que tu aimerais faire dans 5 ans ?
Franchement, 5 ans c'est loin, mais c'est sûr, j'aimerais continuer à raconter mes histoires.

Ta couleur préférée ?
Orange, pourquoi ?

Ton dessinateur préféré ?
Rien qu'un ? C'est dur, mais encore une fois c'est Eichiro Oda, l'auteur de *One Piece*, parce que son œuvre est terrible mais aussi parce qu'il a l'air bien allumé lui aussi !

Quel est ton rêve ultime ?
Là, en ce moment, on va dire que je réalise mon rêve !

ATTENTION !

Ceci est la dernière page
du premier volume de DREAMLAND.
Pour lire le début de ce volume,
il faut retourner le livre.

La lecture de gauche à droite
respecte le sens de lecture original.